LES

FICELLES

DE PARIS

Paris. — Imprimerie VALLÉE, 15, rue Breda.

LES

FICELLES

DE PARIS

PAR

CH. REBOUX

(Deuxième édition)

PARIS

C. VANIER, LIBRAIRE-ÉDITEUR

19. RUE LAMARTINE. 19

1864

A MON FRÈRE

Tu te demandes ce que veut dire ce dessin sur la couverture ?

Examine-le bien et tu reconnaîtras le filet où nous nous faisons tous prendre. A la place des filaments arachnéens, suppose des *ficelles,* tu auras le même effet, avec une plus grosse proie; affaire de proportions.

Quoi qu'on dise ou qu'on fasse, des milliers de victimes y ont passé; or, cet emblême qui t'offusque a deux significations : à ceux qui ont

1.

été pris, il dit : « Vous souvient-il ? » — Aux gens qui s'exposent à l'être, il crie : « Prenez » garde ! »

S'il est vrai qu'un homme averti en vaut deux, tu peux imprimer ce petit livre : tout exigu qu'il est, il aura son utilité.

C. R.

Quatre heures de coupé.

La scène se passe dans les régions de la rue Saint-Georges, vers deux heures de l'après-midi. — Un coupé contenant une charmante biche s'arrête à deux pas de vous.

— Quel heureux hasard, cher, de vous rencontrer dans ces parages!

— Le hasard est fort aimable pour moi, ma toute belle!... Vous permettez?...

Et vous voilà dans le coupé, tête à tête avec une chatte qui vous fait mille agaceries. Votre cœur, après tout, n'est pas de bronze; il commence à battre un peu plus vite. Toutefois, la belle fait ses visites, et vous attendez çà et là, dans la voiture, sauf à reprendre la conversation interrompue. A la cinquième halte, une petite camériste délurée vient vous présenter les excuses de votre aimable compagne, qui est retenue à dîner, et vous prie de ne pas l'attendre.

Traduction : — Quatre heures de coupé à trois francs; total, douze.

L'impôt du petit banc.

A coup sûr, il ne manque pas en France d'hommes énergiques et résolus, mais il ne s'en est pas rencontré, que je sache, un assez courageux pour refuser le petit banc imposé par les ouvreuses à quiconque mène une dame au théâtre.

Remarquez que l'exiguité des loges rend fort gênants ces odieux morceaux de bois; qu'au moindre mouvement ils causent un bruit incommode et offrent toutes sortes d'inconvénients. Chacun le sent et le dit; n'importe. — L'usage est de subir et de payer ces ennuis, et l'on suit l'usage quand même, à la façon des moutons qui suivent leur guide jusque dans l'abattoir.

Courtage des biches.

Tout le monde sait que le budget de très-hautes et puissantes dames les biches pèse particulièrement sur trois classes de contribuables, savoir : 1° Les petits messieurs du report, à qui la clôture a souri; 2° les vieux beaux à qui Plutus prête tous leurs moyens de séduction; 3° enfin, — il faut bien le dire, — les oiseaux de passage que, du fond des pays étrangers ou des départements, la Providence de ces dames fait tomber sur Paris, comme la manne au désert.

Naturellement, elles dînent et soupent beaucoup, je veux dire souvent, et presque toujours dans certains établissements honorés de leur prédilection. L'amphitryon peu familier avec ces maisons-là s'étonne de voir le menu dicté par les biches se composer invariablement de mets bizarres, impossibles et ruineux; volontiers demanderaient-elles des nids de phénix saupoudrés de perles et de saphirs. Il en résulte que le quart-d'heure de Rabelais fait ouvrir de grands yeux à ces naïfs étrangers.

Quelle grimace feraient-ils donc, s'il leur était donné de voir leur idole passer au comptoir et y palper, à titre de commission, le quart de la somme si complaisamment enflée à leurs dépens?

Le barège-asticot.

Un beau matin, le bruit court dans les ateliers de brodeuses, de fleuristes, de couturières, — qui sont en contact avec tout le beau sexe de Paris, — qu'il se vend à tel endroit du barège à dix centimes!

Une heure après, le magasin en question est littéralement mis au pillage; il coupe deux ou trois cents robes de l'étoffe susdite, et s'arrête n'en ayant plus. Le soir, trois mille langues on ne peut mieux déliées ont propagé la chose par toute la ville; le lendemain, il y a émeute à la porte de l'établissement; mais le barège a augmenté de prix pendant la nuit, il est maintenant à cinquante centimes, encore est-ce un hasard. Le lendemain, il vaut un franc. En attendant, l'adresse de la maison circule, et cette ingénieuse réclame n'a coûté que cinquante écus de perte.

Une ficelle cynique.

Saluons ici la plus incroyable, la plus impossible, la plus cynique des ficelles, mais tâchons d'en parler, s'il se peut, en termes décents.

Le jeune Gaston, échappant à l'œil maternel, est parvenu jusqu'au Casino Cadet ou au bal de l'Opéra. A peine entré, il est happé par une Turlurette quelconque qui l'entraîne, le force à danser, bref, se cramponne à cet étourneau comme un noyé à une branche. Tout à coup, l'emmenant à l'écart et se donnant un air pudibond, elle lui dit à demi-voix :

« Prête-moi dix sous, pour... (*plus bas*) une petite nécessité !... »

Et Gaston de donner un ou deux francs au hasard, non sans sourire un peu. Mais la biche ne revient pas; elle est allée ailleurs répéter sa petite scène, aux frais d'un autre novice, puis d'un troisième, et ainsi de suite.

Cela s'appelle faire *son lendemain,* et quand les innocents sont nombreux, la syrène, ou nymphe des eaux, réalise de quinze à vingt francs par cet ingénieux moyen.

Les tableaux de maîtres.

Tous les cinq ou six mois, un abonné de la *Patrie* ou du *Siècle* s'écrie : « Il y a des gens qui ont de la chance ! » — Il vient de lire, parmi les faits divers, qu'un bourgeois, s'abritant d'une ondée, s'est mis à examiner l'étalage d'un fripier, et a découvert un tableau de maître, tout noir et enfumé, l'a payé vingt-cinq francs, et revendu quatre mille à un amateur qui vient de le céder au Musée pour dix mille.

Si ce lecteur candide veut prendre la peine de compter les lignes de l'article, à raison de trois francs chacune, il saura tout au juste combien il coûte au rusé Jacob qui tient boutique de bric-à-brac dans une petite rue, et fait travailler *dans le vieux*, à six francs par jour, trois rapins faméliques, qui lui font pour ce

2

modeste prix des Velasquez et des Murillo qu'on suspend dans la cheminée avec les jambons, et qu'on
encrasse convenablement et de manière à *enfoncer*
infailliblement le bourgeois qui se pique d'être fin connaisseur.

Le charme des cohues.

Progrès, lumières, initiation des masses, tout cela
est admirable, mais il reste une chose immuable, indes-
tructible, qui survivra aux ruines de nos cités : c'est
l'incurable niaiserie de cet être collectif, si intelligent
parfois, qu'on nomme le public, niaiserie telle que les
bourdes les plus absurdes sont celles qui réussissent le
mieux.

Croirait-on, par exemple, que le plus sûr moyen de
mettre en vogue un théâtre, un établissement, une
promenade, c'est d'annoncer par-dessus les toits qu'il

est impossible d'y tenir, qu'on y est étouffé, foulé, écrasé? A mérite égal, personne n'ira là où l'on est à l'aise; fi donc! — Et veuillez observer que de cette foule intelligente il ne sortira pas une voix qui dise :

« Mais, s'il y a tant de monde, à quoi bon vos réclames ? »

Lanterne magique!

Charmante invention que la lanterne magique! Que de bons et joyeux quarts d'heure elle donne à l'enfance durant les longues soirées d'hiver, et combien le son de l'orgue, suivi du cri traditionnel, fait battre de jeunes cœurs! — Heureux âge que celui où l'on ignore tant de choses !

Ce n'est pas pour vous, mes enfants, que passe là le musicien ambulant : de l'autre côté de la rue, une oreille attentive le guette au passage, et, derrière un rideau sur lequel se dessine une silhouette, un visage se colore ou pâlit, suivant l'air que joue l'instrument; car c'est de ce signal que dépend une entrevue passionnément désirée, longtemps attendue, et ni vous ni les passants ne pouvez le soupçonner.

Appartement à louer.

Les temps sont durs; il faut vivre, pourtant. De là vient la nécessité de s'ingénier et d'inventer des moyens inusités pour provoquer le chaland et alimenter le commerce. Ainsi, vous lisez sur écriteau : « Petit appartement de garçon, à louer. » Vous interpellez la concierge, elle s'empresse de vous conduire, n'importe à quelle heure; et comme vous témoignez la crainte de déranger le locataire actuel, elle vous rassure à cet égard. En effet, vous trouvez là une petite dame fort avenante, qui cause volontiers... et au bout d'un quart

d'heure, vous comprenez enfin que ce n'est pas le loge-
ment qui est *à louer*.

Merrrrci, Môssieu!

« *Merrrrci, Môssieu!* » crie d'une voix de Stentor
un garçon de café à qui je ne donne rien en sortant. —
Son intention est de m'humilier, en attirant l'attention
sur moi, parce que je me soustrais à la tyrannie absurde
du pourboire.

Du feu, s'il vous plaît.

Donner du feu ne coûte rien; par conséquent, cela ne
se refuse pas. Mais encore y a-t-il parfois des précau-

tions à prendre. Ainsi, par exemple, un officier de service aux Tuileries fume paisiblement son panatélas : un passant s'approche de la grille et demande poliment la permission d'allumer son modeste bout-coupé. Par malheur il se trompe, garde le fin Havane et disparaît. Que voulez-vous que fasse l'officier, prisonnier de la consigne ?

Plus de cheveux gris!

« *Plus de cheveux gris!* » nous crie un charlatan, en offrant son eau merveilleuse, qu'il vend Dieu sait à quel prix. Mais celui-là, du moins, ne nous trompe pas : à la troisième bouteille, son client n'a *plus de cheveux*, ni gris, ni roux, ni blancs, car son crâne a pris l'aspect d'une bille de billard.

Le grain de blé.

Ah diable ! voici un livre dont le titre me séduit : *Le Grain de blé.* — Que de promesses dans ces mots si simples, et quel sujet heureux et fertile ! — J'entre, j'achète, et, de retour chez moi, je dévore le volume. Je tourne avidement les feuillets, j'avance, j'atteins enfin le dernier chapitre... Eh quoi ! — l'auteur a disserté très-spirituellement sur toutes les choses imaginables, excepté sur le grain de blé ; le mot n'existe même pas dans tout l'ouvrage. — Pourrait-on me dire à quoi servent les titres ?

Entresols parisiens.

(Parlant au concierge.)

— M. Dubreuil, s'il vous plaît ?

— Au troisième, la porte à gauche.

Vous gravissez trois étages de vingt-cinq marches; vous sonnez. On ne connaît pas M. Dubreuil. Naturellement, vous retournez au concierge.

— Mais, monsieur, dit-il, c'est le troisième *au-dessus de l'entresol!*

Remontez quatre-vingt-cinq marches, cela vous apprendra à vous défier, une autre fois, des entresols sous-entendus.

Quel bouquet!

« — Pour le coup, mon cher, vous avez eu la main heureuse, me dit un ami arrivé de Strasbourg. Voici du vrai Saint-Julien ou je ne m'y connais pas. Quel bouquet! »

A ce bouquet inimitable il est impossible de se méprendre, et l'on ne regrette pas ses six francs. A moins qu'on ne soit initié, et qu'on ne sache par quel procédé un vin très médiocre peut se travestir en vin fin, à l'aide de l'iris de Florence.

Madame Marius.

Ah! mais, *qu'elle* est très difficile madame Marius! *qu'il* ne faudrait pas essayer de la tromper; *qu'elle* connaît son Marseille, et *qu'elle* est au courant des modes les plus nouvelles!

Ce que voyant, le chef de rayon (rue Richelieu), riant dans sa moustache de voir la susdite dame dédaigner les plus fraîches nouveautés, fait un signe au petit commis. Il apporte furtivement deux cartons empaquetés, ficelés, et madame Marius est introduite avec mystère dans un salon, où le rusé compère lui accorde, « parce que c'est elle, » quelques mètres d'un article tout à fait *inconnu à Paris*, — ce qui est vrai.

Elle paie sans marchander et s'esquive à la hâte. Elle va pouvoir humilier ses voisines en revenant de Paris; c'était le principal but de son voyage. — En effet, cette robe, qu'elle porte avec orgueil, était un affreux rossignol, oublié depuis douze ans au fond de l'arrière-boutique.

Passez au salon.

Une vieille connaissance m'avait, je ne sais comment, entraîné à son café, un des plus brillants du boulevard de Strasbourg, où il n'en manque pas. — Faut-il le désigner ?...

Nous avions pris notre demi-tasse dans le salon d'entrée; nous demandons un jeu de dominos.

— Ces messieurs en trouveront dans le second salon, répond le garçon, de ce ton impertinent et rogue qui

est l'apanage de sa profession, et qui étonne tous les
étrangers.

Nous émigrons, pour obéir. Dans la susdite salle, un
autre garçon nous demande ce que nous allons prendre.
— Force nous est bien d'accepter une nouvelle consommation. — C'était là l'unique but de ce petit manège,
plus ingénieux qu'honnête.

L'éternel billet de Banque.

Parmi ces chevaliers du carreau dans l'œil qui font
l'ornement des boulevards, j'en ai distingué un, d'une
tenue parfaite, paletot, gilet, pantalon, guêtres et chapeau couleur chocolat-rosé, ce qui est aujourd'hui du
meilleur goût; du reste, l'air convenablement impertinent. — Ce beau garçon a un tic : s'il se trouve en
compagnie, quand vient le quart-d'heure de Rabelais,
il s'efforce d'ouvrir un porte-monnaie fort élégant,

mais dont le ressort joue mal, et finit par en extraire péniblement un billet de cent francs, qu'on l'invite à ne pas changer. Les temps sont d'ailleurs très-bien calculés pour que le billet intervienne trop tard, en sorte que, depuis six mois, cette ficelle réussit toujours. Néanmoins, il va falloir y renoncer, car je crois que les amis du gandin commencent à n'en être plus dupes.

Point de grives.

(Au restaurant, à cinq heures précises.)

— Garçon ! une grive.

— Monsieur, elles ne sont pas prêtes.

(A six heures sonnant.)

— Eh bien, garçon, et cette grive ?

— Monsieur, il n'y en a plus.

La vérité est qu'il n'y avait de grives que sur la carte.

La monnaie manque toujours.

Il est certain qu'on trouverait plutôt une aiguille dans une botte de foin que de la petite monnaie dans la bourse d'un cocher, à la sortie d'un bal ou quand il pleut à verse. Il ne peut quitter son siége, les rênes l'embarrassent, il n'atteint sa poche qu'à grand'peine, et ne trouve jamais la monnaie attendue par le bourgeois ou la dame qui se morfond à la pluie. De guerre lasse, on rentre ou l'on s'en va, et le rusé cocher encaisse, grâce à ses lenteurs, un triple pourboire.

3

Les primes.

Il passera bien de l'eau sous les arches du Pont-Neuf avant qu'on ne retrouve une idée aussi fructueuse que celle des ventes avec *primes;* c'était le sublime du genre, et la recette était des plus simples.

Des greniers d'une librairie séculaire, on tirait quelque gros ouvrage indigeste et avorté, trois ou quatre ballots de papier imprimé qu'attendait l'épicier, et l'on en formait des livraisons, sous n'importe quel titre. Puis on recrutait, parmi la bohème d'en-bas, des colporteurs faméliques, qui, à force d'effronterie et de *bagou,* faisaient souscrire des ouvriers, des femmes, des gens illettrés, à raison de cinquante centimes par semaine, en leur offrant comme prime une pendule, une-montre, etc.

Pour obtenir sur-le-champ l'objet tentateur, évalué par exemple, trente francs, il fallait en payer quinze comptant; mais jamais on n'obtenait rien de complet. Supposez une pendule, le courtier avait soin de garder le socle, ou le balancier et la clé, jusqu'à parfait paiement. — Il va sans dire que la moitié des souscripteurs

restait en route; c'était prévu. Mais cet immense dé-
bouché écoulait sans aucun risque des produits de
pacotille, toujours inférieurs à l'argent reçu, de sorte
qu'en fin de compte, le client, quoi qu'il fît, était toujours dupé.

Les petits paquets.

En mille sortes de choses, il est un choix à faire, et
les cigares sont de ce nombre. Or, vous avez pu remarquer, dans certains bureaux de tabac des quartiers
opulents, de jolis paquets, de six ou de douze, liés par
un ruban coquet : c'est la fleur de toutes les caisses.
Quelques esprits tracassiers ont voulu soutenir que ce
tri n'est pas absolument licite, tous les consommateurs
étant, selon eux, à prix égal, égaux devant la feuille de
nicotiane fournie par l'Etat. Ne les écoutez pas. Les
jolies buralistes savent à qui s'adresser; l'une d'elles

m'avouait dernièrement que c'est toujours entre onze heures et minuit qu'elle vend le plus de petits paquets. Cela prouve évidemment qu'elles ont raison d'en faire.

Correspondance imaginaire.

N'est-il pas vrai, Madame, que bien souvent, dans cette douce et riche oisiveté que vous goûtez en province, il vous est arrivé de suivre avec intérêt les correspondances, ainsi que la petite polémique, placées à la fin du journal ou du recueil périodique que vous recevez de Paris ? Ne vous êtes-vous même pas passionnée un peu, *pour* ou *contre* quelqu'un de ces correspondants désignés par de simples initiales ?

Rassurez-vous, Madame, la querelle n'aura pas de suites graves; et si vous sommiez le journaliste de nommer les adversaires qu'il combat, vous le mettriez dans une situation analogue à celle du directeur d'un journal de modes bien connu, qui signait : *La marquise de Vieux-Bois*, et qu'une de ses plus ferventes abonnées, voulant absolument parler à la marquise, surprit, un matin, en train de se faire la barbe.

Les affiches de concert.

On ne saurait s'imaginer à quel point les illustrations artistiques intéressent les gens qui n'habitent point Paris. Aussi, que le nom d'un ténor ou d'une cantatrice célèbre apparaisse dans une affiche de théâtre ou de concert, l'oiseau de passage sera captivé, c'est certain. Il y a si longtemps qu'il désire entendre ou voir ce fameux *un tel !* — A l'heure indiquée, il sera chez Herz ou chez Pleyel. — Par malheur, au moment où il croit voir apparaître l'objet de sa curiosité, un beau monsieur, cravatté de blanc, vient annoncer qu'une indisposition, ou un enrouement subit, retient l'artiste dans

sa chambre... ou ailleurs. Et, faute « du produit inces-
tueux d'une carpe et d'un lapin, » promis par Bilbo-
quet, on exhibe séparément le père et la mère; ce qui,
selon l'illustre saltimbanque, revient absolument au
même.

Erreur d'addition.

Il est malheureusement avéré qu'une partie de la
population des grandes villes sert de pâture à l'autre,
mais il faut avouer aussi que l'étourderie et la distrac-
tion de certains pigeons font la partie trop belle aux
exploiteurs. Voyez, par exemple, un homme trop mûr
ou pas assez, en bonne fortune dans un de ces restaurants coquets... et un peu coquins, qui ont la spécialité
du genre : épanouis, souriant avec des airs vainqueurs,
ils adhèrent à tout ce que propose le garçon, et ne
s'aperçoivent pas de la façon narquoise dont le rusé

Frontin leur arrache des plumes. Ils ne font même pas leur menu.

Deux heures plus tard, et quand le cliquot a mêlé ses fumées à des enivrements d'une autre espèce, comment veut-on que ces malheureux soient en état de décomposer le prix de leur bonheur ? — De là cette petite histoire, qui a couru tout Paris : une carte à payer, sur magnifique bristol glacé, portait, gravé à droite, le numéro du cabinet. — Préoccupée elle-même, sans doute, la reine de comptoir plaça par mégarde les chiffres au-dessous, et additionna le tout ensemble. — Le lendemain seulement, en retrouvant le papier dans sa poche, l'heureux Lovelace reconnut l'*erreur*... Mais, hélas, il était trop tard.

Les préférences des chroniqueuses.

Il est admis qu'en certaines matières, Paris fait loi;

ainsi des choses de goût et d'art, ainsi surtout des modes. Filles d'Ève autant que nos Parisiennes, une foule de beautés étrangères et de jeunes filles qui ont le bonheur de respirer l'air pur d'un département se préoccupent volontiers des moyens de faire valoir leurs attraits. A leurs jolis yeux, le *Moniteur* et les *Débats* sont des enfantillages; les journaux sérieux sont le *Courrier des Dames,* la *Psyché,* l'*Oracle des Coiffeurs,* etc. — C'est, en effet, par ces estimables organes que la déesse à qui nous devons la crinoline promulgue ses décrets, par eux que se propagent ces gravures où l'on voit de beaux messieurs et de belles dames aussi raides que s'ils étaient de bois, et enfin ces patrons de robes auxquels il ne manque que le bon goût. C'est un inconvénient, mais il en est un plus grave, contre lequel il faudrait prémunir les aimables lectrices des Bulletins de modes rédigés dans les grands journaux par des plumes apocryphes, et souvent (par pudeur) signés de pseudonymes.

« Mesdemoiselles, dirons-nous à ces intéressantes victimes, croyez tout ce qu'on vous dit, tant qu'il s'agit de la façon de tailler une robe ou un bavolet, mais aussitôt que vous voyez poindre le nom, l'adresse et le numéro du fournisseur, mettez-vous en garde ! Il y a gros à parier que la sybille qui a rendu cet oracle a ses motifs pour préférer telle ou telle maison, et que vos véritables intérêts sont ce qui la préoccupe le moins, quoi qu'elle en dise.

Un Arthur tapissier.

M. Richepanse est un vieux célibataire, enrichi dans des trafics malpropres, et singulièrement madré dès qu'il s'agit d'argent. Ce qui lui reste de confiance est bien peu de chose, mais il l'a placé en Mme Élise, ex-ingénue du boulevard, qui sait jouer de son Richepanse comme d'un accordéon. Ces choses-là se voient fré-quemment.

Or, il y a quelques jours, Mme Élise semblait en proie à une tristesse secrète; tantôt elle étouffait des soupirs,

tantôt elle affectait une gaîté contrainte. Ce petit manège durait depuis une semaine, sans que le célibataire
semblât y prendre garde, lorsqu'un matin la sonnette
s'agita si violemment que la belle faillit s'évanouir de
frayeur; Mme Élise a la fibre sensible. Néanmoins, elle
court à l'antichambre, et bientôt, du salon, on entend
une voix grossière et insolente s'écrier : « Demain, si
à midi sonnant je n'ai pas mon argent, je vous fais f...
à la porte et je saisis tout ! »

— Qu'y a-t-il ? dit Richepanse, intervenant tout à
coup.

— Rien, mon ami... De grâce, laissez-nous. C'est
une petite affaire entre monsieur et moi.

Et le créancier brutal de se retirer, après s'être poliment incliné devant le protecteur.

Au salon, Élise, après s'être fait longtemps prier,
finit par avouer, au milieu d'un cataclysme de pleurs,
que son mobilier n'est pas payé, qu'elle a eu l'impru-
dence de souscrire des billets, etc., etc., qu'elle est la
plus malheureuse des femmes...

Le lendemain, avant onze heures, le prétendu tapissier, — qui n'était autre que son Arthur, — palpait

3,600 francs, dont il lui envoyait la moitié, comme c'était convenu.

Les bouquets de louage.

Il était d'usage, en ces dernières années, dans un drôle de monde situé au-dessous du demi, d'offrir à sa danseuse un bouquet ou un énorme bâton de sucre d'orge, qu'une main empressée vous fournissait toujours au moment favorable, Dieu sait à quel prix ! — Qu'un gandin, fasciné par un grand écart à la *Rigolb,* ajoutât cette dépense à tant d'autres, le mal n'était pas grand; mais soupçonnait-il, l'infortuné, qu'au bout d'une heure, sucre et bouquet remontaient vers leur source, avec remise de deux ou trois francs à la donzelle, et que, le manège durant toute la nuit, la femme qui pratiquait ce commerce en vivait très-agréablement ?

Les plus fines y sont prises.

Ceci n'est point galant à dire, mais il est démontré à outrance que le beau sexe, si fin, si perspicace là où nous ne voyons que du feu, est singulièrement facile à tromper, dès qu'il s'agit pour lui du besoin de plaire. Si les modistes, les corsetières, les parfumeurs voulaient parler, que de curieuses révélations ils feraient, en riant de leurs dupes ! Mais ils vivent de leur silence, et jamais femme ne se plaindra de son bandagiste ni de la couturière qui, seule, sait où il faut, dans ses robes, placer le coton et le caoutchouc.

Promettez à cette coquette, qui frémit à l'aspect de la trentaine, que vous lui conserverez le teint frais, elle croira tout, elle paiera tout. Dites à cette miss que vous ferez renaître ses cheveux, rien ne lui coûtera pour se procurer votre eau merveilleuse; et, dussent toutes leurs illusions tomber une à une, ces pauvres femmes reviendront au charlatan comme les papillons à la lumière. Combien de blondes, de rouges à la peau fine, achètent je ne sais quelle eau blanchâtre pour combattre leurs taches de rousseur, sans remarquer que la femme qui la leur vend en a le visage criblé!

La vanille industrielle.

Vous aimez, Madame, le chocolat à la vanille, et vous le payez assez cher, convaincue qu'il coûte beaucoup à fabriquer. Vous n'avez pas songé qu'en raison même de cette préférence généralement partagée, les industriels ont cherché à diminuer la dépense, tout en augmentant les produits. Et ils y sont en effet parvenus, voici comme.

La vanille, dont le parfum vous charme, est absente; l'arome que vous goûtez provient du benjoin dissout

4

dans l'alcool, moyennant quoi le vertueux confiseur a réalisé une économie d'environ 80 pour 100.

Le chien de lorette.

Nous connaissions le chien d'aveugle, le chien de berger, le chien de garde et même le chien de charrette, honnête et laborieux quadrupède, mais il était réservé à notre époque gomorrhéenne d'inventer le chien de lorette.

Remarquez, je vous prie, le soin que prend cette femme de laisser son petit chien havanais s'attarder, afin d'avoir un motif pour le rappeler, se retourner; et plus loin voyez-la le lancer dans les jambes d'un élégant, qui manquera de choir, sera forcé de s'excuser, etc. Si les passants sont préoccupés, ce sont des : « *Psitt!... Bibi!... Veux-tu bien!* » et autres interjections qui visent bien moins au chien qu'au bipède.

— Si cela ne s'appelle pas une ficelle, qu'on veuille bien me le dire.

Économie.

Pourquoi vous arrêter devant cet étalage ? C'est le mot *Économie*, tracé en grosses lettres, qui vous séduit : déjà vous faites un calcul et vous allez succomber. — Ne donnez pas dans le piège, sachez qu'il n'y a jamais d'économie à faire une mauvaise emplète : le marchand sait beaucoup mieux que vous la valeur réelle de ce qu'il offre, et n'est point assez sot pour donner sa marchandise à perte.

Passez votre chemin, croyez-moi, et gardez-vous de ces économies qui ruinent.

Effets de lumière.

Les artistes connaissent tout le parti qu'on peut tirer de l'ombre et de la lumière, mais sous ce rapport, les boutiquiers sont passés maîtres. Examinez au grand jour l'objet que vous avez acheté grâce aux artifices de la vitrine et du comptoir, et il y a gros à parier que vous aurez une illusion à regretter.

Le roquefort.

Je dînais l'autre jour en compagnie d'un gourmet, qui se régalait d'un roquefort persillé, sur le mérite duquel il ne tarissait pas. Si le malheureux avait su à l'aide de quel affreux *liquide* on hâte la maturité du roquefort, il eût été pris à l'instant du mal de mer !

Violettes.

Quiconque achètera, dans la rue, des violettes avant midi, courra le risque d'avoir un bouquet mêlé de fleurs de la veille, qui auront passé la nuit à la cave.

Quiconque, en hiver, choisira les plus belles, sera sûr de n'y trouver aucun parfum.

La chaînette de gilet.

Au moment où j'allais acheter une chaînette de chrysocale, sur le boulevard, mon marchand plie boutique et s'enfuit. — Je reste tout ébahi. — Mais on me montre, à vingt pas de là, deux sergents de ville; or, les tricornes n'aiment pas à voir ces industriels-là se

familiariser avec les poches de gilet. Cela, paraît-il, a
des inconvénients.

A Bullion.

Quand on songe qu'il existe encore des bourgeois
assez naïfs pour croire qu'il est loisible à chacun d'aller
acheter à l'hôtel des ventes, ou, comme on dit, à
Bullion.

Essayez-en, mes bons ! — Tenez, mettez des enchères
sur ce canapé, qu'un fripier guette du coin de l'œil. —
Prendre Malakoff n'était qu'un jeu, comparativement à
ce que vous allez tenter. Toute une phalange est là,
qui, par esprit de corps et par instinct de lucre, défendra
ce meuble comme un drapeau : ce sont les zouaves du
bric-à-brac. — Vous voulez l'emporter ? soit; mais
l'objet vous coûtera dix fois ce qu'il vaut; encore serez-
vous cyniquement raillé par eux à haute et intelligible
voix.

Une contremarque.

Par une soirée d'automne, froide et pluvieuse, un célibataire ennuyé se demande ce qu'il va devenir jusqu'à minuit. Il sort de dîner, et rôde sur les boulevards. A quelques pas d'un théâtre, on lui offre une contremarque pour un franc. Notre homme accepte et va pour entrer, mais le contrôle arrête son élan. — La contremarque, qui eût pu servir hier, n'est plus valable aujourd'hui.

La terre promise des effrontés.

La terre promise des effrontés, c'est Paris. Là, le Gascon peut parler de ses richesses, le Normand de sa délicatesse, le Picard de sa bonhomie, et le Provençal de sa modestie; il se trouvera des gens assez bons pour les écouter. Aussi, dans cette ville, lit-on sur les murailles des affiches où l'on offre 10,000 francs à qui prouvera l'existence d'un produit supérieur à celui du sieur Trois-Étoiles, etc.

Et notez que le susdit charlatan a raison, puisqu'il fait des dupes, qui ne se doutent pas que l'homme aux dix mille francs promis loge en garni, et n'a pas même payé ses affiches.

Gare au catalogue.

Il est prudent, quand on achète un livre, d'examiner d'abord de quoi se compose le volume, car il arrive assez souvent que le catalogue du libraire en forme le tiers, sinon la moitié; auquel cas, vous payez ses annonces au prix de la littérature.

Les Artémise.

Sur la liste des curiosités à visiter, les étrangers inscrivent toujours le Père-Lachaise, intéressant par ses tombeaux et par ses souvenirs historiques qu'il évoque, bien qu'on y retrouve encore la preuve des inégalités sociales. Par contre, à l'écart et loin des riches mausolées, on peut y entrevoir de temps en temps, dans les allées désertes, quelque femme en grand deuil venant payer à une ombre chère son pieux tribut de fleurs ou d'immortelles; et s'il en est dont la sensibilité succombe à l'excès de la douleur, il va sans dire que l'on s'empresse à leur porter secours.

Dans le désordre d'une scène de ce genre, s'il se rencontre par hasard un opulent baronnet ou un gentilhomme russe, il trouvera certainement aux pieds de la belle évanouie soit un mouchoir brodé, soit un gant noir, où il y aura, par hasard aussi, une carte chiffonnée, sur laquelle seront nettement indiqués le nom et l'adresse de la veuve *inconsolable*... qui continue son commerce, et trouve moyen d'en vivre assez agréablement.

Donnez deux sous.

Ne vous étonnez pas si votre cocher se montre hargneux et vous mène de si mauvaise grâce. Vous avez oublié de donner dix centimes au surveillant de place qui vous a fait monter en voiture. L'automédon, toujours attentif à ce détail, s'est dit : J'ai affaire à un pingre qui ne me donnera pas de pourboire.

Yatagans turcs.

Quels vrais yatagans on nous vendait vers 1838!

Quel cachet africain et quelle trempe! On les payait un peu cher, mais comme il avait fallu les transporter de chez Devismes, rue Vivienne, à Bone ou à Mostaganem, d'où ils revenaient, il fallait bien payer un peu les frais de voyage.

Gratis.

Gratis! deux syllabes qui séduisent surtout les riches; car le prolétaire ne s'y laisse guère prendre, lui à qui l'on ne donne rien pour rien. Aussi n'est-ce pas lui que vous verrez entrer chez les avocats borgnes ou les médicasires véreux qui offrent des consultations gratuites, dans l'espoir d'attirer une clientèle. Ces choses-là valent ce qu'elles coûtent : — Rien.

La charité.

La charité, sans doute, est la reine des vertus; cependant il n'y a pas de mal à savoir quelquefois à qui l'on donne. Car enfin, les charitables paroissiennes de St-Roch ont dû faire une singulière figure en lisant, dans la *Gazette des Tribunaux*, qu'un aveugle auquel elles faisaient l'aumône depuis dix ans était propriétaire d'un hôtel garni, où, par parenthèse, il déployait une rigueur excessive envers les locataires en retard de paiement.

Le prix réel d'un bain.

Le prix ordinaire d'un bain est de 60 centimes. C'est une dépense à la portée de toutes les bourses, et que les plus pauvres se permettent. Mais on ne songe pas qu'il y a les serviettes, le son, le peignoir, le fond de bain et le pourboire au baigneur, ce qui mène tout doucement à tripler le prix qu'on avait consacré à cette cérémonie hygiénique.

A quoi sert le hameçon.

Des traités sur la pêche, Dieu sait s'il en existe ! et des catalogues d'engins et d'ustensiles, à n'en plus finir ! — Eh bien, je regrette d'avoir à constater une lacune en cette matière, car personne n'a jusqu'à présent, indiqué l'usage d'un certain hameçon microscopique qui, dans la foule, habilement accroché à une chaîne de gilet, et rappelé par un fil de soie imperceptible, amène tout doucement la montre : crac! un petit coup de pince, et le tour est fait.

Les ruisseaux font les rivières.

Les petits ruisseaux font les rivières, et les gouttes d'eau répétées à l'infini finissent par former un océan. C'est pourquoi un homme qui ne serait pas trop exigeant se contenterait, pour vivre, du bénéfice produit par les cinq centimes que coûte chaque petite boîte (10 centimes la douzaine) où les commissionnaires du Mont-de-Piété mettent les bijoux, et qui resservent pendant toute une année.

Ce pauvre Jules!

Il est mal d'avoir le cœur dur, mais l'avoir trop tendre n'est pas sans danger. Demandez plutôt au grand Jules; il en sait long là-dessus! — S'il a quitté Désiré Baurain pour la gargotte, s'il a renoncé aux panatélas, si son chapeau noir prend des teintes rouges, c'est que, surpris un soir en tête à tête avec une trop séduisante bouchère, par un mari dont la main ne quitte point le coutelas, Jules, qu'un scandale aurait privé de son emploi, a signé en tremblant des billets qu'il faut acquitter sans bruit. Les voisins, depuis cette aventure, ont remarqué que la bouchère ne se refuse rien en fait de toilette, et que son mari lui paie assez fréquemment une loge à l'Opéra-Comique.

Les truffes.

Intéressante cohorte de viveurs qui ne connaissez que de nom Véfour et Brébant, vous dont les faces rubicondes s'épanouissent si volontiers, le soir du Réveillon, devant les vitrines des charcutiers et des marchands de comestibles, dites-moi, je vous prie : — Est-ce que vos palais, un peu émoussés par le piment et l'absinthe, ne s'aperçoivent pas du manque de saveur dans la truffe qui vous avait souri sur l'abdomen rebondi d'une volaille ?

Approchez, je vais vous dire tout bas la raison de cette négation culinaire : ces tubercules qui vous séduisent ont donné leur virginité à quelque poularde du Mans qu'ils ont parfumée; on les en a retirés avec habileté, et ce que vous voyez n'a plus des truffes que l'apparence.

Saluez l'épicier.

Riez, Messieurs les râpins, riez à votre aise de l'épicier du coin; vouez-le aux épigrammes, sauf à lui demander crédit demain. Le brave homme l'accordera, sûr de prendre sa revanche. Cet industriel, avec ses airs niais, a fourré tant de sable dans sa cassonade et de plâtre dans son papier à sacs, qu'il peut se vanter d'avoir vendu des pavés pour du sucre et escamoté dix pour cent de ce qu'il a pesé. — Quel est celui de vous qui saurait exécuter ostensiblement et avec patente un pareil tour de force?

Un piano fantastique.

Enfin, Juliette a son piano! elle n'en dort plus de joie. A force de petites épargnes, son père, honnête garçon de caisse, le lui a acheté à tempérament : 100 fr. comptant sur 180, puis il a, dit-il, signé un papier. — Que voulez-vous! sa fille le tourmentait tant!

Le papier, il ne l'a pas lu, et c'est son tort; car aux termes du reçu, si à jour fixe la somme totale n'est pas complétée, le versement reste bien et dûment acquis au vendeur, qui reprendra son piano, et l'ira vendre ailleurs d'après le même système. Ce sera la neuvième fois qu'il changera ainsi de propriétaire.

Gare au trébuchet.

A l'aspect de ces splendides magasins qui représentent des millions, de ces éclairages *a giorno* et de ces
glaces qui ne seraient déplacées dans aucun palais, bien
des passants s'imaginent qu'on peut entrer là, circuler
librement et s'en aller de même. — Pauvres simples !
qu'ils en essayent; ils verront si les charmants commis
et les habiles demoiselles qui peuplent ces souricières.
laissent s'échapper sans rançon ceux qui s'y sont laissé
prendre.

La compagnie Minotaure.

J'avais un ami : la chose n'est pas complètement
impossible; c'était un laborieux typographe, père de
quatre enfants. Un jour, je ne sais quel agent d'assu-

rances, cherchant quelqu'un à dévorer, le détermina à
faire assurer ses filles, sous prétexte de leur former une
dot. La prime est imperceptible, c'est un excellent
placement; bref, toute la rengaîne usitée.

Mon homme cède et signe une police. Six mois plus
tard, j'apprends qu'on lui vendait ses meubles. Savez-
vous à la requête de qui? de la prévoyante compagnie
qui lui voulait tant de bien. Ses statuts à la main,
évoquant une petite clause imprimée en lettres micros-
copiques, elle exigeait qu'il payât comptant, pour *frais
d'administration pendant quinze ans,* **200** fr. dont on
ne lui avait pas parlé. — Pris au piége, mon ami avait
refusé net, la compagnie avait mené l'affaire à outrance.
Et la famille qu'elle protégeait si paternellement allait,
cette nuit-là, coucher dans la rue.

Les loteries philanthropiques.

La philanthropie, à Paris, n'est pas toujours une vertu; elle peut devenir une profession, un état lucratif. Il est vrai qu'elle exige alors certaines aptitudes particulières : un air grave, une voix onctueuse, un extérieur semi-religieux, une particule nobiliaire si faire se peut, et une assurance impertubable. — A l'aide de cette mise de fonds, plus habile que coûteuse, on organise par exemple, une loterie en faveur d'une veuve ou de quelques orphelins : à titre de prime, on exhibe une babiole séduisante et très-dorée; on palpe le prix des billets, qui sont toujours élégants, et l'on ne reparaît plus. — La seule précaution essentielle, c'est de ne pas rencontrer le commissaire de police.

Le poignet brisé.

Qui croirait que le *poignet brisé* est un moyen de gagner sa vie ? — Cela ne s'acquiert pas tout d'un coup; il faut du temps, de la pratique et du truc. Aussi les garçons qui le possèdent sont-ils fort recherchés aux barrières, où fleurit leur industrie.

Elle consiste, chez les marchands de vin, à remplir trop les verres, en les tenant au-dessus du comptoir et à les faire brusquement regorger, de façon qu'ils ne contiennent plus la mesure : ces épaves coulant dans un entonnoir fait exprès, il se trouve qu'à la fin de la journée elles ont formé des litres aux dépens des consommateurs distraits ou *émus*.

Au Temple.

Tout le monde n'est pas riche, on le sait. S'il est des

lions dont Renard et Dusautoy peuvent à peine satis-
faire les caprices, il y a, par compensation, de pauvres
diables qui s'en vont, — secrètement, — demander au
Temple de quoi couvrir leur nudité. Encore, si modeste
que soit la dépense, ne tardent-ils pas à la regretter
quand ils examinent à loisir ce dont ils ont fait emplette.
C'est que les *rabouiseurs* sont de vrais artistes et
qu'avec un simple grattage ils remettent à neuf une
vieille semelle qui a trempé dans l'eau trois jours; —
que pour les coutures blanchies, il y a des liquides
régénérateurs; — et qu'aux endroits chauves d'un habit
usé, le chardon ramène la laine des parties voisines.

Dieu me garde de médire du Temple, mais comme
aucun de ceux qui y ont été ne s'en vante, je m'imagine qu'ils doivent avoir leurs raisons pour cela.

Tout pour rien.

Les provinciaux, qu'on croit naïfs, ont des mots
profonds. Il me souvient qu'un soir, une belle et fraîche

fermière du Calvados, à l'aspect des palais industriels où trônent si richement le madapolam et la soie cuite, se demandait comment on pouvait concilier les loyers monstrueux, le luxe d'éclairage, les dorures et les glaces, avec le *prix réduit.*

A leur place, me dit-elle, je ferais paver le seuil en diamant, et j'écrirais sur la porte : « *Ici, l'on donne tout pour rien.* » Ce serait tout aussi vraisemblable. »

Adolphe, la carte !

Causons d'une industrie peu connue. Les jours se suivant et ne se ressemblant pas, il arrive à certains élégants d'*oublier* leur porte-monnaie. Ils entrent alors dans un de nos — beaux restaurants, d'un air plus impertinent que d'habitude; ils parlent haut, font les difficiles, et après avoir plantureusement dîné, ils inter-pellent le garçon : « Adolphe!... faites ma carte ! » Adolphe sait ce que cela veut dire; il va de ses deniers payer au comptoir, puis il aide le client à passer son paletot.

Soyez tranquille, dans quinze jours au plus tard, l'emprunt sera remboursé largement, Adolphe aura fait une fort bonne opération, — hypothéquée sur la vanité du gandin, — placement sûr s'il en fut.

Canettes à faux-col.

Voyez la mousse blanche qui forme à cette canette un énorme faux-col. Elle remplace un tiers du contenu; c'est pourquoi le garçon s'empresse de verser sans qu'on le lui dise.

Le fourrier Beauminet.

Ne me parlez pas des écritures, du contrôle des

recettes, ce sont des inventions diaboliques, qui ont tout gâté. — Qu'est devenu le bon temps où Beauminet, le fourrier de hussards, pouvait, sans se gêner, grâce à sa belle moustache et aux bontés de la reine du comptoir, absorber un punch et recevoir six francs de monnaie sur une pièce de cent sous !

Après décès.

On s'imagine généralement qu'une vente mortuaire se compose d'objets ayant appartenu à un défunt; en province, il en est ainsi. A Paris, c'est autre chose : il existe une ignoble phalange, aux instincts de requin, que les mots *après décès* affriandent : brocanteurs, camelots, juifs, fripiers, tous tripoteurs effrontés, s'en viennent là faire mentir la mort, étalant sur les trottoirs voisins des rebuts de fabrique qui n'ont jamais rien eu de commun avec le défunt. Et il se trouve des passants assez simples pour croire, en achetant ces ordures, qu'ils profitent d'un heureux hasard.

G

Entre deux écueils.

Saluons ! c'est ici que trône et règne majestueusement la ficelle; voici le restaurant. — Flanqué de deux mensonges, sa vitrine et sa carte, il vous attend entre deux pièges : payer trop ou manger mal; défilé des Thermopyles, dans lequel tant d'étrangers succombent!

Ici, c'est l'établissement prétentieux, qui met un cadavre de chevreuil à sa porte ; on y dîne fort mal pour cinq francs; là, c'est le prix fixe, la carte y est modeste, mais qu'y mange-t-on ! — Péril pour péril, la table d'hôte d'un bon hôtel est encore ce qu'il y a de mieux..... à la condition d'être cuirassé contre les roueries de l'hôtesse et de ses compères poussant aux *extras,* et pourvu qu'il n'y ait point un groupe d'anciens pensionnaires se réservant tous les bons morceaux et vous offrant gracieusement le reste.

Les geais littéraires.

On a vu des poëtes, des artistes, des inventeurs, confiants dans leur jeunesse, partir de quelque grande ville de la province ou de l'étranger, et apporter à Paris les prémices de leur intelligence. Mais la difficulté d'équilibrer la dépense avec la recette se faisait bientôt sentir : alors, les faibles s'en retournaient l'oreille basse et le gousset vide; les plus résolus restaient, et finissaient par rencontrer un bric-à-brac de lettres ou un fin limier qui, pour un morceau de pain, achetait ces virginités de l'esprit, pour les revendre à quelque idiot de la Bourse, qui s'en faisait un panache dans le monde de la rue Taitbout.

Échantillons perfides.

Un truc assez grossier, mais qui réussit encore dans certains quartiers, comme le Marais ou l'île Louviers, consiste en ceci. — Un homme d'allures suspectes sonne chez vous, et d'un ton insinuant, vous sollicite d'examiner quelqu'objet, vous le laisse comme échantillon et se retire.

Huit jours s'écoulent; l'objet est devenu ce qu'il a pu; s'il n'est pas égaré, il a dû subir quelqu'avarie. — C'était prévu. Votre juif se présente à l'improviste; il faut payer... et s'en souvenir désormais.

Moi!!!

Incontestablement, il avait médité et compris la bêtise humaine, le cordonnier qui, à l'aide d'un imprimé portant le mot MOI, en caractères monstrueux, a réussi à faire lire sa réclame par 50,000 passants.

Au garçon.

Il est bon que les habitués des cafés qui en sont encore à la contribution indirecte des 10 ou 15 centimes données par-dessus le prix de la choppe ou de la demi-tasse sachent ceci : — dans une grande partie de ces établissements, le patron prend sa part, — une part de lion, — des produits du tronc aux gratifications; il en est même où ce produit est affermé d'avance par un des garçons. On a calculé que les pourboires, à Paris, représentent quatre millions par an.

Mystères du théâtre.

Si, vous trouvant par hasard des premiers entré

1

dans un théâtre, vous vous êtes demandé par où deux cents personnes que vous y trouvez, occupant les meilleures places, ont pu, sans faire queue, se glisser là, c'est qu'il n'y a pas longtemps que vous habitez Paris. Ces gens-là sont les amis de la maison, et ont passé par des portes que vous ne connaissez pas; de plus, ils sont entrés gratis. — Cela est ainsi, et cet abus si ancien, soyez sûr qu'il vivra plus longtemps que vous et moi.

Billets perdus.

Comment rester impassible, et ne pas se représenter une famille éplorée, en lisant une affiche annonçant la perte d'une grosse somme en billets de banque, par un pauvre garçon de recettes au désespoir, etc.? — Il est pourtant sage de ne pas prodiguer tout d'abord sa sensibilité, car il est arrivé parfois qu'il n'existait ni porteur éploré ni billets perdus, et que tout simplement une maison de commerce, ne pouvant faire face à une grosse échéance, n'était pas fâchée d'avoir, moyennant cent affiches, un prétexte qui, du moins, sauvât les apparences.

Des pois frais.

Des haricots ou des pois frais en hiver ne sont pas à dédaigner pour qui les aime; mais nous conseillerons aux gourmands de s'en méfier, attendu qu'au moyen d'un bain de Jouvence saturé de potasse, on rajeunit la pellicule de manière à faire illusion, et que la potasse peut produire sur l'appareil digestif des effets déplorables.

Un malin.

On l'a beaucoup répété, — pas assez, peut-être, — à Paris tout est mensonge, en fait d'écriteaux, d'imprimés, d'affiches et de bien autre chose, hélas! De là, chez les passants, le dédain et l'incrédulité envers ce mode de publicité. Cependant, vers 1850, au moment des agitations politiques, nous avons vu un original triompher de cette indifférence : profitant avec habileté de la préoccupation des esprits, il inscrivait en tête d'un immense placard les mots : *Élections, Suffrage universel, Réforme*, qui forçaient l'attention, puis, à l'aide d'une périphrase assez adroitement agencée, il arrivait à parler de ses paletots et de ses vêtements de confection à bon marché; en sorte que le lecteur, qui croyait aboutir au Corps législatif, tombait au passage du Grand-Cerf.

Le cocher folâtre.

Il ne faudrait pas croire que le cocher de fiacre, l'être le plus roué de la civilisation parisienne, ne puisse devenir folâtre quand il a le ventre et le gousset pleins. Nous en avons vu un, dans un accès de gaîté, jouer le tour suivant. Un Américain, logé rue Croix-des-Petits-Champs, est attendu rue Bailly; il monte dans une victoria; le cocher sourit, va faire le tour des Halles, et amène à destination notre étranger, qui n'aurait eu qu'à traverser la rue.

Des inventions.

De quoi diable vous plaignez-vous, mon cher ! ne vous en prenez qu'à vous-même. — Comment, vous inventez un appareil précieux pour l'industrie, dont le succès est infaillible, et au lieu de mettre cette idée aurifère sous l'égide d'un homme qui présente de sérieuses garanties, vous allez confier la rédaction de votre demande de brevet au premier faiseur que vous rencontrez. — Vous êtes roulé, cela devait être; on vous a devancé à Bruxelles et à Londres. Ne saviez-vous donc pas que sur le pavé de Paris une idée se vole comme une montre ?

Trébuchet de banquier.

N'oubliez pas que les minutes sont chères quand il s'agit d'échéances; je l'ai appris à mes dépens, ce qui, du reste, est la meilleure des méthodes. Certaines maisons de banque pratiquant l'encaissement ne font qu'entr'ouvrir leur guichet, de trois à quatre heures. Évitez qu'une averse, un régiment qui passe, ou l'aspect d'une jolie jambe ne retarde vos pas ! A l'heure sonnant, la caisse se ferme; tant pis pour les attardés!

Ce système a pour effet certain d'augmenter le

nombre des protêts, et les huissiers font une remise à qui leur en procure.

Puni par où l'on pèche.

Que de gens se plaignent d'avoir été dupes de la mauvaise foi d'autrui, et qui ne sont, en réalité, dupes que d'eux-mêmes! C'est que la cupidité gît secrètement au fond des cœurs les plus honnêtes en apparence; les fripons le savent; ils en vivent. A qui la faute?

Voici un fauteuil crasseux et vermoulu, recouvert d'un cuir complètement usé; il fait partie d'un chétif mobilier que va vendre le commissaire-priseur. — Un rentier des Batignolles, digérant son déjeuner, s'est arrêté là : au bout de quelques instants, un homme à la mine effarée, le prenant à part, lui dit à voix basse: « Voulez-vous, Monsieur, gagner facilement une bonne somme? Voyez ce fauteuil! je sais d'où il vient, et j'ai la certitude qu'il recèle des billets de Banque cachés dans le crin par une vieille avare qui est morte en s'y cramponnant. Achetez-le, nous partagerons ! »

Le rentier doute; mais si, comme saint Thomas, il pouvait mettre le doigt sur la chose, il succomberait peut-être. En effet, après avoir prudemment palpé le fauteuil et senti les précieux papiers, il monte sur la mise à prix; un rusé fripier, qui a flairé là quelqu'aubaine, surenchérit, et s'arrête à 310 francs. L'amateur anxieux en profite et obtient l'adjudication.

Il cherche des yeux son associé; celui-ci a disparu. Et le trop cupide rentier s'aperçoit le soir même qu'un vendeur a été assez malin pour lui faire payer plus de trois cents francs ce qui en valait dix.

Barême a tort.

Barême avait la bonhomie de croire que *trois* font plus que *deux*. Voici des habiles qui lui prouvent son

erreur. Ils vendent à tout venant des *boules de gomme*
à deux francs le kilog., alors que la gomme pure leur
en coûte trois à eux-mêmes. — Comptez l'essence de
vanille ou de citron, la matière colorante et le sucre,
et supputez le prix de revient. Le mot de cette énigme
industrielle est qu'il n'y a dans ces boules que de la
fécule cuite, mêlée à des déchets de raffinerie. Quant à
la gomme, elle est complètement absente; de là, l'économie et le bas prix.

La conscience et l'estomac.

Il est bien peu de ficelles qui puissent se comparer
à celle qu'a illustré si longtemps le *Tintamare*, pour
raisons à lui connues, et dont l'ingénieux inventeur
était le père Aymès. Le ciel de la Provence pouvait
seul inspirer à un épicier l'audacieuse idée de mêler
les convictions religieuses aux denrées coloniales, de
réconforter les consciences par les satisfactions de l'es-

7

tomac, d'allier le saucisson orthodoxe au thon mariné, et de favoriser une sainte goinfrerie par l'invention du pâté maigre en carême.

Les meilleures réclames.

Les plus courtes réclames, — comme les plus courtes folies, — sont les meilleures. — *Lisez l'Époque, Mon chocolat enfonce les autres, Arrêtez!* Tout cela me plaît par sa brièveté cynique. Un long prospectus ment tout autant, et il ennuie pardessus le marché.

Libre-échange.

Beaucoup d'hommes, arrivés à l'âge mûr, adoptent un café préférablement aux autres, et s'y rendent quotidiennement : ils doivent à cette habitude le double avantage d'être mieux accueillis et de s'y trouver en pays de connaissances; en outre, ils ne paient qu'une faible contribution à l'industrie du libre-échange, établie par certains messieurs, qui préfèrent les chapeaux neufs aux vieux, et se trompent volontiers de paletots et de parapluies.

Bougies d'hôtel.

Nous n'apprendrons rien de nouveau aux voyageurs en leur signalant l'article *bougies* sur la note de l'hôtel. Il va sans dire qu'on les paie, quand même on n'en brûle jamais, aussi est-il singulier qu'on n'ait pas encore songé à adopter définitivement des bougies d'albâtre; ce serait économique et encore plus productif pour la maison.

Conséquences du timbre-poste.

La perception de certaines contributions indirectes que tout le monde acquitte, et qui ne vont nullement aux caisses de l'Etat, n'a probablement pas d'agents plus actifs, plus vigilants que les concierges. Indépendamment de la dîme traditionnelle établie sur le bois, le vin, et tous les gros approvisionnements, leur ingénieuse rapacité s'étend à mille menues choses, qui, embrassant tous les locataires sans exception, forment en définitive un assez joli produit. — Par malheur, il est une branche de leurs revenus qui vient de manquer tout à coup : l'infernale idée des timbres-poste a supprimé net tous les petits comptes de ports de lettres qui, au bout du mois, se soldaient en chiffres ronds et sans examen. Je ne conseille pas à celui qui a importé ce nouveau système de se vanter de cela dans la loge de son concierge.

N'est pas or tout ce qui luit.

Le bon campagnard que la facilité actuelle des déplacements amène pour la première fois à Paris, se laisse toujours impressionner par l'aspect du luxe que la grande ville aime et favorise tant. C'est qu'aussi la différence est grande, de ce que ses yeux sont habitués à voir, à tout ce qui les frappe ici. Ces équipages aux ornements dorés, ces coursiers fringants, ces vêtements si riches ne ressemblent pas aux chariots, aux bœufs, aux vestes grossières de son village; et le banc de bois, la huche au pain, le coffre aux habits lui paraîtront bien misérables, auprès du palissandre, des bronzes et des aubussons de son propriétaire...

— Mais sachez, mon brave homme, que tout ce qui reluit n'est pas or, et qu'ici on peut louer son luxe à l'heure. Ce qui vous éblouit, ces chevaux, ces voitures, ce mobilier, cette livrée, tout cela peut être à vous pour un jour. Le salon où l'on dansait hier, on y fait des souliers aujourd'hui, et cette belle dame dont la

7.

parure chatoyait à vos yeux, vous pourriez la voir ce matin lavant son linge dans un baquet.

Fuyez l'occasion.

Occasion ! voilà le grand mot, l'irrésistible « Sésame, ouvre-toi » qui fait entrebâiller les porte-monnaie les plus rebelles. Occasion veut dire : Un heureux hasard vous permet d'avoir ceci pour rien, hâtez-vous, de crainte qu'un autre n'en profite ! Le nombre des dupes qui se laissent prendre à ce piège grossier est bien plus grand qu'on ne le pense : providence des porcelaines craquelées au feu, des pendules paralytiques, des pianos poitrinaires, ces braves gens sont de leur nature très-économes ; seulement, c'est l'économie qui les ruine.

Érudition d'emprunt.

On a vu, dans les régions inférieures du pays littéraire, régner un petit truc assez drôle à raconter.
Imitant certains peintres, qui chargent un confrère de
placer des bonshommes dans leurs paysages, des écri-
vains qui ont négligé le baccalauréat et même un peu
la grammaire se faisaient confectionner, par de plus
lettrés qu'eux, des citations latines et grecques, afin
d'en saupoudrer des articles sur la danse, la pisciculture
ou la fabrication du caoutchouc. Cela faisait bon effet,
et donnait un petit air érudit à des gens qui ne l'étaient
guère.

Les blanchisseuses et le hasard.

Les blanchisseuses des environs de Paris doivent
avoir bien de la peine à distinguer et à reconnaître le

linge de leurs nombreuses pratiques; aussi y a-t-il souvent des erreurs ou des pertes. Mais, par quelle fatalité constante sont-ce toujours les pièces les plus fines et les plus neuves qui ont le malheur de s'égarer?

Tarif des dimanches.

A l'époque où des compagnies intelligentes vinrent doter les Parisiens de voies de communication rapides avec la grande banlieue, ces entreprises étaient si populaires qu'elles n'eurent qu'à faire leurs conditions. Des coucous aux waggons, la transition était si brusque, la différence si merveilleuse, que les tarifs furent acceptés avec enthousiasme, et que les accidents comptèrent pour rien. Il y avait un serpent sous l'herbe : modiques dans la semaine, les prix enflaient les dimanches et jours de fête. Et quand donc les trois quarts de la population peuvent-ils quitter leurs affaires, si ce n'est précisément ces jours-là? Le tour était habile, et il a réussi.

Déménagements forcés.

Certains hôtels sont un peu comme les fiacres : on y est le bienvenu quand ils sont vides, mais survienne la foule, on risque d'y être mal accueilli. Du matin au soir, tout peut changer. Tel voyageur, débarquant sans fracas, a été, à son arrivée, installé dans une pièce confortable, qui le soir en rentrant, est déménagé à son insu et relégué dans une chambrette; encore cela ne modifiera-t-il en rien le prix d'une hospitalité qui ne *se donne* qu'en Ecosse. Le moyen d'échapper à cet abus serait peut-être d'emporter sa clé, mais presque partout il y en a de doubles.

Les emplois à cautionnement.

A chaque pas on rencontre, dans les *Petites Affiches,* l'offre d'un emploi facile et lucratif, moyennant un cautionnement à verser. La plupart du temps, c'est un piège tendu par quelqu'industriel véreux, qui ne vise qu'à mettre la main sur une somme, sauf à la rembourser par à-comptes, sous la forme d'appointements. Ce serait à l'employé d'exiger une caution, plutôt.

Offres d'argent.

Se figure-t-on un candide enfant du Nord, descendu la veille du waggon qui l'a amené à Paris, et lisant, au coin d'une rue du faubourg Montmartre, une affiche qui lui demande : « *Avez-vous besoin d'argent ?* » Quelle charmante ville, doit-il se dire, que celle où l'on a pour les passants une attention aussi délicate ! Il faut qu'un homme soit bien riche et supérieurement philanthrope pour faire, à tout venant, des offres aussi généreuses.

Qu'il attende six mois, ce brave garçon; les dépenses vont vite, à Paris. Si par malheur alors il a besoin d'argent, et qu'il se souvienne du nom et de l'adresse de ces philanthropes, je demande en grâce à voir sa figure quand il sortira de chez eux.

Le charlatan pris au mot.

Le chef d'un grand établissement situé dans le quartier le plus fashionable, importuné d'une concurrence qui semblait le narguer à deux cents pas de chez lui, résolut d'en finir avec elle par un coup décisif, et qui retentît dans Paris. En conséquence, il prit quelque cinquante pièces de l'étoffe la plus en vogue, en fit une grande pile à sa porte, et y inscrivit un prix fabuleux de bon marché, qui le constituait en perte.

Le soir, une dame du quartier obtient, en passant, que son mari lui achète une robe. Celui-ci, connaisseur en tissus, conçoit une idée : il va droit au patron et déclare acheter tout l'étalage. Refus formel, avec force explications. L'acheteur tient bon, et laissant là sa femme, il va requérir le commissaire, qui verbalise, et fait mettre en lieu de sûreté l'objet du litige.

Quinze jours plus tard, le juge décidait qu'une offre publique, sous forme d'écriteau, constitue un contrat entre le marchand qui propose et le chaland qui accepte, et qu'il n'est pas plus facultatif à l'un de refuser la vente, qu'à l'autre de refuser la marchandise après livraison. — L'affaire fit du bruit, d'autant plus qu'il fut facile à la dame de réaliser un joli bénéfice.

Trois quartiers, trois prix.

Une remarque bonne à faire. — Quelqu'un veut acheter plusieurs exemplaires d'une de ces babioles séduisantes qui constituent la moitié des Articles de Paris : il en prend un rue Chapon, un second au boulevard Montmartre, et le troisième aux abords du faubourg Saint-Honoré. Tous trois sortent de la même fabrique, et il a certainement payé trois prix différents. D'où vient cela? de la proportion des loyers et des habitudes de chaque clientèle.

Réclame à l'incendie.

Que de fois, en lisant le journal, nous nous sommes apitoyés sur le malheur de tel ou tel établissement, qui avait éprouvé un commencement d'incendie, une tentative de vol avec effraction, une catastrophe quelconque, parfois rectifiée ou démentie le lendemain. Fort peu d'entre les lecteurs savent ce que cela veut dire. La plupart du temps il n'y a dans le récit qu'un très-léger prétexte à réclame, et il n'a d'autre but que d'imprimer l'enseigne et l'adresse d'un magasin dont le public a oublié le chemin.

8

Chapeau électrique.

Si Franklin, quand il arracha la foudre aux cieux, eût pu prévoir qu'on ferait un jour servir ce terrible fluide à desservir la poste, peut-être l'utilité du résultat n'en eût-il pas racheté à ses yeux la mesquinerie relative. Que dirait-il donc, s'il lui était donné de voir aujourd'hui annoncer publiquement des *chapeaux électriques* « qui empêchent la chute des cheveux et guérissent les maux de tête ? » Il est vrai qu'ici le remède est à côté du mal, et que l'excès du charlatanisme est poussé assez loin pour que la majesté des carreaux de Jupiter n'en soit point offensée.

Deux francs la carte.

Chaque hiver, surtout vers le mois de janvier, voit éclore des variétés nouvelles en fait de cartes de visite. Il y a quelques années, on en faisait en bois. Du reste, comme cela ne coûte rien, on les reçoit toujours. Par exemple, il en est une qui fait exception : c'est celle qu'en votre absence un aimable huissier fait déposer chez le concierge; généralement elle ne plaît guère, d'autant plus qu'elle a pour objet de rappeler un billet impayé, qu'elle sous-entend la promesse d'un protêt imminent, et qu'elle coûte toujours deux francs, ce qui paraît assez cher, au prix où est le carton. — A la vérité on pourrait exiger que ces messieurs se fissent photographier au revers, cela donnerait tout de suite à ce genre de cartes infiniment de charme.

Le métier d'écrasé.

Était-il assez ingénieux, celui qui inventa la profession d'écrasé! Quel commerce! Aucune mise de fonds, point de crédit, point de patente, des bénéfices nets et peu de risques. Il fut un temps où ce métier-là, en dix ou quinze ans, menait à trois mille livres de rentes, pour peu qu'on sût, d'un coup-d'œil, juger à quels chevaux et à quel genre d'équipages on avait affaire. Mais hélas! tout dégénère : certains écrasés trop exigeants, des écrasants revenus de leur première émotion, des histoires indiscrètement ébruitées, ont gâté cette jolie industrie. Ajoutez que l'effroyable multiplication des voitures dans Paris et l'insolence toujours croissante des cochers envers les piétons ont centuplé les périls : il a fallu cesser les affaires. C'est dommage, car de long-temps on ne reverra un procédé plus simple pour gagner sa vie honorablement.

A table d'hôte.

Elle est bien ancienne, et Dieu merci assez connue, cette rengaîne des tables d'hôte; comment se fait-il qu'elle réussisse toujours? — Une coquette de trente-cinq à quarante ans, aux yeux vifs, aux cheveux noirs, à la parole nette et prompte; un *major* quelconque (ex-infirmier ou riz-pain-sel), à la moustache épaisse, au regard terrible, un ruban noir ou rose à la boutonnière; trois planches de sapin sur un tréteau, douze chaises à soixante-quinze centimes la pièce, sept à huit comparses en crinoline, et voilà le fonds établi.

Il ne reste plus qu'à faire lever de çà et de là les étrangers visitant les monuments et le Jardin des Plantes. A six heures, on sert un très-mauvais dîner, où les coups-d'œil assassins de ces dames suppléent à l'absence du bon vin; vers dix heures, on fait un petit lansquenet, et vers minuit et demi, le pigeon, retournant à son hôtel, cherche vainement dans les replis de son porte-monnaie les deux francs indispensables pour prendre une voiture.

8.

Les gens bien mis.

« *Défiez-vous des gens bien mis!* » disaient les commissaires de l'exposition anglaise : cet avis est tout aussi opportun à Paris qu'à Londres; le premier soin d'un filou qui se respecte un peu, ou d'une écumeuse d'omnibus, doit être celui d'une tenue irréprochable; cela facilite singulièrement les affaires. Cependant, il ne faudrait pas prendre les choses trop au pied de la lettre, ni voir nécessairement un coupeur de bourses dans tout homme qui porte du linge propre et des gants assez frais. On peut être honnête et bien mis.

Le thé des connaisseurs.

Grâce à la campagne de Chine, les amateurs de thé

peuvent aujourd'hui se rassurer, il ne leur manquera pas de sitôt; mais il n'en a pas toujours été ainsi. A l'époque où ce produit exotique était rare, et conséquemment cher, des exploiteurs habiles ont préparé la feuille de saule et celle du prunier sauvage de manière à tromper beaucoup de consommateurs, qui ne s'en portaient pas plus mal pour cela. Ce qu'il y a de piquant, c'est que, tandis qu'en Angleterre et en France on n'admet que le hisswen et le péko, les vrais connaisseurs de Canton et de Pékin leur préfèrent la petite sauge de Provence, dont nous nous gardons bien de faire usage, et que nous ne connaissons même pas.

Habit de velours, ventre de son.

Antoinette est un cordon bleu de second ordre. Elle a, l'an dernier, fait venir à Paris son jeune frère Joseph, et l'a placé comme garçon de peine dans la fameuse maison connue sous le nom de Bazar de l'Univers. Naturellement, on se voit, on se raconte ses petites affaires et même celles des maîtres; naturellement aussi, un consommé ou un roastbeef marquent chaque visite, attendu que Joseph aime mieux être nourri par sa sœur que vendu par ses frères. — Dernièrement, certaines observations du cordon bleu sur la fréquence des visites fraternelles firent naîtres de tristes aveux.

« Tel que tu me vois, dit Joseph, je crève de faim; cette riche livrée que tu admires, elle est encore due au tailleur; ces galons d'or demi-fin et ces aiguillettes ont valu hier à mon patron une scène du fournisseur; nous ne voyons que des huissiers, le Bazar de l'Univers doit au monde entier. »

Joseph est un bavard. Où est la nécessité de révéler que certaines maisons emploient les deux tiers de leurs capitaux à jeter de la poudre aux yeux ?

Un traquenard de banlieue.

L'air pur étant à Paris la chose la plus rare, bien-

que la plus nécessaire, il va sans dire que l'idéal de
quiconque s'y voit rivé au travail est d'aller respirer à
la campagne. De là cette frénésie du riche pour les
villas ruineuses, de la bourgeoisie pour les chalets en
sapin, de l'ouvrier pour les champs et la guinguette
rustique. La population bâtarde de la banlieue, con-
naissant cette passion malheureuse, a songé à s'en faire
des revenus : voir les débitants d'Argenteuil *pur-sang*,
les Vatels de l'omelette au lard, les paysannes qui
vendent du lait chaud, et les négociants en branches
de groseillier. Car, il faut l'avouer, le Parisien en villé-
giature éprouve le besoin d'arracher quelques branches
et trouve les sentiers trop étroits.

Ce que voyant, de rusés compères, dont la propriété
confine à un chemin riant, viennent le dimanche se
mettre à l'affût derrière un buisson. Là, qu'un pro-
meneur fasse le moindre écart, ils s'élancent sur leur
proie et la traînent avec force menaces chez *M'sieu le
Mâre*. Le plus souvent, les candides à qui cette honnête
industrie est inconnue, frémissant à l'idée d'un procès-
verbal, proposent une transaction, et finissent par
laisser quinze ou vingt francs dans les mains du « pai-

sible cultivateur. » Celui-ci, le soir, se grise aux dépens du Parisien, avec des voisins qui, le dimanche d'après, en feront autant que lui.

Les fractions.

Si les hommes de chiffres, dans le commerce, et particulièrement les teneurs de livres, n'étaient pas eux-mêmes très-experts dans ce genre de choses, je me permettrais de leur donner un avis, formulé en ces termes : « Demandez aux garçons de recette s'il est un caissier sur dix qui paie les fractions, et d'après leur réponse, disposez vos totaux pour n'avoir que des francs. »

La critique théâtrale.

Il se publie à Paris huit ou dix journaux spécialement consacrés à la critique des théâtres étendue à la province et à l'étranger. — Un original qui ne manque pas d'esprit veut parier qu'il établira sans la connaître leurs listes d'abonnements; il n'aura, dit-il, qu'à annoter régulièrement tous les noms d'artistes qu'accompagne un éloge, sauf à renouveler le travail à chaque semestre. Mauvaise langue !

Les maniveaux.

Les *bonnes* paysannes qui vendent des champignons à la Halle ont imaginé de jolis petits paniers d'osier très-coniques, où il en tient quatre ou cinq. Ce nombre leur paraissant encore excessif, elles rivalisent à qui perfectionnera les maniveaux de façon à ce qu'il n'y entre plus qu'un seul cryptogame.

L'affiche judiciaire.

Les gens dont on vend les meubles après saisie, s'ils ne perdent pas la tête, doivent exiger qu'on leur fasse voir, *imprimées en entier* et apposées aux murs, les affiches portées à leur compte de frais; car ils les paient bel et bien, et fort souvent elles n'ont pas été faites pour eux. Ce sont des formules banales, dont la moitié reste en blanc, et qui ne coûtent presque rien à l'huissier.

Ne pas confondre.

Toutes les fois que vous verrez un industriel prier le public de *ne pas confondre* sa boutique avec celle du voisin, soyez assuré que c'est, au contraire, lui qui aurait intérêt à ce que l'on confondît. C'est là une rengaîne des tard-venus contre leurs devanciers, mais elle est connue et ne fait plus de dupes.

Vinaigre-poison.

— Écoute, mon neveu, je te permets de sourire en disant que les vieillards critiquent tout, mais ton vinaigre me produit toujours au palais une sensation de cuisson, comme celle de l'alcool pur.

— Je le crois bien, répond Ferdinand, et c'est précisément ce dont je me plaignais comme vous, mon oncle. Mais à présent j'ai le mot de l'énigme, et cela va cesser. Figurez-vous que mon épicier me vendait de l'acide pyroligneux, substance dangereuse et proscrite, au lieu de bon vinaigre d'Orléans, qui lui coûterait le double. Et apparemment, cet exemple a de nombreux imitateurs.

Rasoirs anglais.

Le traité international vient de tuer une petite industrie assez intéressante : souvent, dans les quartiers tranquilles, vous rencontriez un homme portant, avec des vêtements d'ouvrier, quelqu'insigne du costume de matelot, qui vous abordait timidement. Il venait d'être malade, et vous offrait de profiter d'une belle occasion en lui achetant à moitié prix de la coutellerie ou des rasoirs supérieurs, rapportés en fraude d'Angleterre. Si vous acceptiez, vous vous trouviez propriétaire des plus abominables rebuts de la fabrique de Manchester.

Il y avait aussi, dans le temps, des femmes entre deux âges qui colportaient à domicile des cigarres étrangers; mais comme ils étaient détestables, et que ce métier-là avait de grands inconvénients, cela n'a pas duré longtemps.

Filouteries de bas étage.

Il est une tromperie commerciale, ignorée des gens du monde, mais bien connue des ouvriers, qui, toute insignifiante qu'elle paraisse, donne des résultats monstrueux, puisqu'ils se reproduisent à chaque instant du jour et d'un bout à l'autre de Paris. — Je veux parler de la forme spéciale des verres employés par les marchands de vin sur leur comptoir. — On se rappelle qu'il y a quelques années deux mauvaises récoltes successives élevèrent subitement le prix du vin; la consommation restant la même, il s'agissait d'y pourvoir sans modifier les prix au détail, ni déranger les habitudes populaires.

Que fit-on ? On imagina des verres d'une épaisseur fabuleuse, et tout fut dit. Plus tard, des années meilleures ramenèrent le prix normal, mais on se garda bien de rien changer. Par suite de ce système, les verres où l'on verse l'eau-de-vie ou les liqueurs tiennent à peu près autant qu'un dé à coudre. — C'est ridicule et improbe; mais qu'un consommateur s'avise, pour payer sa goutte, de mettre neuf centimes sur le comptoir, au lieu de dix, vous verrez de quelles épithètes l'honnête marchand de vin et sa femme accableront le pauvre diable !

Réclame prohibée.

Pourquoi ne rappellerions-nous pas, à propos de ficelles, l'idée de ce dentiste, devenu par-là célèbre, et qu'imita plus tard un teinturier? Ces hommes étaient de vrais philosophes; ils s'étaient bien rendu compte de l'attraction qu'exerce l'aspect seul d'un billet de Banque ou d'une pièce d'or. De là les imitations habiles au moyen desquelles ils indiquaient leur nom et leur adresse, et qu'on recherchait à cause de leur forme. Au reste, ces billets étaient disposés avec tant d'art que l'œil s'y trompait, et qu'il a été longtemps possible à des filous d'en abuser, ce qui les a fait défendre.

La paire.

— « Regardez, Messieurs, Mesdames ! prenez l'article en main, la vue n'en coûte rien ! Voyez ! vingt-cinq centimes les jarretières, les bracelets, les bretelles ! tout à vingt-cinq centimes ! c'est donné, c'est pour rien ! »

Ainsi crie, sous une porte cochère, un voyou à la mine suspecte, qui, sur une toile étendue par terre, a jeté pêle-mêle les objets qu'il annonce. Ceux que le bon marché a tentés vont être bien étonnés quand ils sauront que *vingt-cinq centimes* est le prix de *chaque* jarretière, etc., ce qui les met à cinquante centimes la paire. Or, comme ce sont des rebuts de fabrique, c'est tout simplement plus cher que cela ne vaut.

9.

Flibustiers audacieux.

Chaque jour que Dieu fait, il se passe quelque chose d'analogue à ceci. — Dans un magasin, une usine, un établissement quelconque, se présente un client nouveau, mis avec recherche, bien ganté, un ruban de couleur à la boutonnière, la parole un peu brève et impérative : il porte un nom sonore, français ou étranger; son coupé est à la porte. — Il propose un travail, fait une commande, établit un journal ou donne le dessin d'une mécanique, et discute minutieusement les prix. Quelquefois, c'est un inventeur qui va moissonner des millions.

On le reconduit jusqu'à sa voiture. Le commerçant rentre en se frottant les mains, flatté qu'il est de collaborer avec un homme dont le nom va faire tant de bruit. Les travaux commencent; on marche, le client vient souvent; il se montre difficile, le succès est déjà certain, tout le monde le félicite; le contre-maître, à qui il donne des poignées de main, s'enflamme. Quelques informations prises sur son compte ayant fait connaître qu'il occupe, dans une de ces maisons princières qui pullulent aujourd'hui, un appartement vaste et splendidement meublé, et qu'il a valet de chambre, le chef de maison hésite à risquer une demande d'à-compte, et continue de marcher avec vigueur.

Bientôt, on arrive au terme : la machine fonctionne, le journal est lancé, l'invention a vu le jour; le fabricant, dont l'amour-propre est engagé, triomphe un peu pour sa part. — Tout va donc à merveille..... ou tout s'écroule, selon que la chose est goûtée ou non. Vient le quart-d'heure de Rabelais : si l'affaire a fait *four*, le monsieur si bien mis vient de partir, la veille, pour la campagne; le tapissier a repris les meubles, qui lui appartenaient; le valet de chambre de louage est sans place, et de toute cette mise en scène il ne reste plus qu'une leçon... qui ne servira à personne.

En omnibus.

On jouait, il y a deux ou trois ans, sur un théâtre de boulévard, une pièce intitulée : *J'attends un omnibus*. Il y avait là-dedans toutes sortes de drôleries, et naturellement on y faisait défiler les petites misères inhérentes à ce mode de transport. Je ne sache pas, toutefois, qu'on ait indiqué le moyen d'y échapper, ce qui eût mieux valu. — Ainsi, quoi de plus contrariant, si l'on est pressé, que de voir arriver *complète* la voiture qu'on attendait patiemment, ou d'y être supplanté par des numéros pris à l'avance? — Les habiles, au lieu d'attendre, vont au-devant de l'omnibus, à cent pas du bureau, et sourient en voyant le désappointement des autres. Soyez donc habile.

L'usure décente.

Sur un certain point de la carte d'Europe, il existe une ville où la moitié des habitants ont pour règle de n'en avoir aucune, dépensant le double de ce qu'ils gagnent, et mourant (trois sur cinq) sans laisser de quoi payer leurs funérailles. Là, les pauvres sont prodigues et les riches économes; là, qui juge sur l'apparence est sûr de se tromper; là, beaucoup de gens bien vêtus ne dînent pas tous les jours. Aussi, c'est la terre promise de quiconque vit des faiblesses d'autrui, et sait exploiter le désordre; c'est le paradis des usuriers.

Mais, pour échapper à la loi, l'usure se déguise; elle change de visage et de nom, et s'appelle le commerce. Elle vend, aux fous, aux mineurs, aux gandins protecteurs des biches, toutes sortes de choses impossibles, en paiement desquelles se souscrivent de bonnes obligations qu'on trouvera bien moyen de faire payer à l'échéance. Ce qui fait que, toute fictives qu'elles soient, ces monstrueuses opérations se perpétuent, c'est que les usuriers savent leur donner l'apparence d'une vente, et qu'ils se posent toujours dans l'affaire en simples intermédiaires entre le soi-disant vendeur et l'acheteur, qui est leur victime à tous deux.

Des étages, au théâtre.

Il n'y a pas longtemps encore, l'étranger peu familiarisé avec nos mœurs, qui prenait pour la soirée une loge dite de *secondes* dans un théâtre, s'imaginait naïvement qu'il occuperait le second rang. Mais, grâce aux balcons, aux galeries, etc., etc., qui ne comptaient pas dans la classification, il se trouvait en réalité au quatrième, ce qui ne répondait nullement à son attente.

C'était un abus flagrant, mais si ancien qu'il en était devenu quasi respectable. — Par bonheur, l'administration supérieure y a mis bon ordre : aujourd'hui, les choses s'appellent par leur nom, le public n'est plus trompé, et la recette n'en va pas plus mal.

L'entrebailleur de fonds.

Cet homme que vous rencontrez partout, pressé, affairé, toujours en quête de quelque chose, et qui semble condamné au mouvement perpétuel, exerce une étrange profession. Il offre des actions qu'il n'a pas, achète des propriétés sans avoir un sou, négocie des affaires qui n'aboutissent jamais et des emprunts irréalisables. Comment et de quoi vit-il? On se le demande; et il y en a cinq cents comme lui sur le pavé de Paris. L'idéal que poursuit cet homme, c'est de passer pour *bailleur* de fonds d'une entreprise quelconque; seulement, comme aucun coffre-fort ne s'ouvre à sa parole, les choses demeurent en suspens; il n'est jamais qu'*entrebailleur*.

Chocolat en terre.

A cette nombreuse phalange de célibataires et de gens sans ménage pour qui s'ouvrent chaque jour des établissements publics, où l'on boit et mange à toute heure et à tout prix, nous dirons :

« Entre les facultés de votre bourse et les besoins de votre estomac, vous hésitez parfois : eh bien, le matin, n'allez pas à la crémerie si votre habitude est de prendre du chocolat, car dans celui que vous y trouveriez la graisse tient lieu du vrai beurre de cacao, et la fécule y est dissimulée traîtreusement sous la terre d'ocre tamisée. Payez un peu plus cher, entrez au café, et ne vous empoisonnez pas. »

Les amorces.

Parmi les personnes qui voudront bien lire ces lignes, en est-il dix qui connaissent l'industrie de la location des *amorces*? J'en doute. — Expliquons la chose. — Il existe un très grand nombre de restaurants d'où l'on ne sort qu'à moitié nourri, et dont la cuisine ne répond nullement aux apparences. C'est qu'en effet le fond de la clientèle ordinaire n'est pas riche et dîne au cachet, c'est-à-dire pour un prix qui varie de 1 fr. 25 à 2 fr. 50. Et pourtant le passant alléché voit briller, dans les vitrines disposées avec art, de superbe gibier, des primeurs, des fruits admirables dont l'aspect le séduit et l'entraîne. S'il entre et consomme, tout est dit : dans le cas contraire, celui qui a loué au gargotier ces faisans, ces asperges, ces raisins, les reprendra demain matin et saura où faire manger ces victuailles, dont l'aspect seul a déjà donné un produit.

10

Fraudes partout.

On dit communément que c'est la foi qui sauve. Tant mieux pour tout le monde, tant mieux surtout pour ces milliers de consommateurs qui, en prenant des aliments sucrés et des bonbons, s'imaginent que la canne des îles est là-dedans pour quelque chose. En cela, non-seulement ils s'abusent, mais ce n'est même pas le produit de la betterave qu'on leur donne, c'est de la glucose. Elle est partout, dans le chocolat, dans la cassonade, dans le sucre en poudre. Or, savez-vous d'où elle est extraite? Des pommes de terre, des farines, du lait, du plâtre même. — Quelles friandises!

Billets de faveur.

Le mot billets de faveur, en province et pour beaucoup de Parisiens, suppose l'entrée gratuite; aussi
est-ce une gracieuseté que d'en offrir. — Partant de
cette idée reçue, les théâtres borgnes et les lieux
d'amusement dont la recette est douteuse font imprimer des billets de ce genre, qu'ils répandent à profusion
et qui séduisent le commun des martyrs. Ce n'est qu'en
arrivant à la porte, et quand le contrôleur les arrête au
passage, qu'ils découvrent dans un coin du billet une
petite annotation : à savoir qu'il faut ajouter tel ou tel
prix à cette prétendue entrée de faveur. On s'étonne, on
fait la grimace, mais on finit toujours par payer, et le
théâtre arrive à opérer sa recette.

Tout ment.

Tout ment dans Paris, gens et choses : visages blanchis et bouteilles poudreuses, réclames effrontées et critiques acerbes, bravos de claqueurs et sifflets de rivaux, vitrines de Rivoli et sirènes de Bréda, tout ment. Le plus sûr est de ne croire à rien. — Pourtant, comment ne pas croire encore aux produits de la nature ? Eh bien, eux aussi on les fait mentir : ce n'était point assez des poires en marbre, des pêches en cire, des cerises en verre, des fleurs en gaze; les bouquets cueillis de la veille nous trompent, ces camélias ont une tige en laiton, ces belles roses n'ont pas de queue en plein mois de mai ! Mettez donc ces bouquets-là dans l'eau, et vous verrez.

Huîtres d'hier.

Çà et là, les journaux nous disent ce qui se mange d'huîtres à Paris, et Dieu sait s'il s'en mange! Néanmoins, la consommation est variable, il est difficile de la prévoir, en sorte que de temps en temps les écaillères, le soir, se trouvent mieux assorties qu'elles ne le voudraient. On se résigne malaisément à perdre. Que font-elles? Le lendemain, d'un œil sûr et exercé, elles jaugent le client à son entrée : s'il demande deux ou trois douzaines, la première est irréprochable; la seconde est mélangée; si les consommateurs sont venus plusieurs à la fois et ont paru un peu *gais,* toute la bourriche de la veille y passe. — Il faut dire aussi que le citron, la mignonette et le châblis secondent merveilleusement l'écaillère.

Rengaines usées.

Quand donc messieurs du madapolam et de la confection renonceront-ils à cette vieille et stupide rengaîne
qui consiste à attacher sur un article exhibé à la porte,
par exemple, le chiffre 1 monstrueusement gros, puis au
bas de l'étiquette 95 en écriture microscopique; de telle
sorte que le passant puisse croire que ce qui se vend en
réalité deux francs n'en coûte qu'un ? — Qu'à l'origine
cela ait fait des dupes, on le comprend; mais aujourd'hui,
qui donc espère-t-on tromper à l'aide d'une ruse aussi
grossière ?

Quatre et quatre font huit.

« Plus de va-nu-pieds! semble dire aux passants
certain industriel parisien : au prix où sont les chaus-
sures, nul n'a plus de prétexte honnête pour s'en passer.

Voyez à quel prix fabuleux j'offre les miennes! — Je vends les bottes 7 fr. et les souliers 4! »

A l'aspect d'un tel chiffre, qui donc ne se sentirait alléché? Le chiffre est là, il parle et le doute n'est point permis : seulement, il s'agit de l'appliquer. Or, c'est chaque soulier qui se vend 4 fr., chaque botte qui en vaut 7; de sorte qu'à moins d'avoir laissé une jambe à Malakoff ou à Solferino, on achète cette merveilleuse chaussure huit ou quatorze francs, absolument comme partout ailleurs.

Corsaires à corsaires.

La niaiserie parisienne est la pâture spéciale de deux grandes races d'oiseaux de proie : les Auvergnats et les Juifs; ceux-ci finissent par manger les autres quand ils sont suffisamment gras. Il est vrai que les enfants du Cantal se mangent volontiers entr'eux, ce que ne font pas les loups. Généralement, ils procèdent d'après la manière suivante. — Un *nouveau*, conformément à ses instincts (on naît bric à brac à St-Flour et chanteur à Toulouse), a mis la main sur une œuvre d'art, un tableau, une curiosité de quelque valeur. Son inexpérience n'en sait pas bien le prix; il attend les offres pour s'édifier.

Par hasard, un amateur bien mis s'arrête, examine sa boutique, donne son attention à quelques articles divers et finit par apercevoir la chose en question; alors s'établit un dialogue dans le genre de celui-ci :

L'*Amateur*, avec une moue de dédain. — C'est dommage! si c'était du maître, j'en donnerais bon prix.

L'*Auvergnat*. — Du maître! je le crois bien. Mais cela vaut encore son prix, fouchtra!

L'*Amateur*. — Oui; cent soixante à deux cents francs, tout au plus.

Et le voilà parti.

Deux ou trois fois, d'autres compères renouvellent le manège; tant et si bien qu'un beau jour le compatriote qui les a envoyés déprécier l'objet qu'il grille d'avoir, dit avec indifférence, au *nouveau*, dans le courant d'une visite : — Tiens! je connais un vieux monsieur

qui aimerait peut-être ça. Veux-tu que je lui en parle?
S'il mord, nous partagerons, c'est convenu.

L'autre, dégoûté par ce qu'on lui a dit, accepte pour
rentrer dans ses fonds. A peu de temps d'intervalle,
l'officieux accourt: la pratique est chez lui; il emporte
l'objet, compte 400 fr. et s'en adjuge 100 pour commission. — Et un an plus tard, dans une conversation
entre marchands, l'infortuné novice apprend que sa
statuette, son tableau, a été vendu 1800 fr. par son ami.

Les curiosités.

Peut-être est-on porté à croire que l'industrie si
connue de la contrefaçon des armes anciennes et
curieuses est usée. Point. — Elle occupe encore à Paris
quelques centaines d'ouvriers. Etant donnés un véri-
table glaive romain, une épée, un poignard vénitien
bien ciselé, la couleur du métal, les imperfections, les
moindres détails en sont étudiés minutieusement; puis,

on contremoule ou l'on forge, et une oxydation savamment calculée s'obtient au moyen de l'immersion ou de l'enterrement dans un sol choisi. Cela fait, vienne le connaisseur, et son œil exercé ne saura pas distinguer la copie d'avec le modèle ainsi multiplié.

Les chineurs.

C'est au premier rang parmi les aigrefins qu'il faut placer les *chineurs de montres*. Partant dès le matin, la poche pleine de montres à tous prix, ils s'en vont où le vent les pousse, au hasard, par les rues, les boulevards, le faubourg ou la banlieue, certains d'avance de faire des dupes. Domestiques, passants, ouvriers, cochers tout leur est bon. Prenons un exemple.

— Dites donc, cocher, avez-vous une bonne montre?

— Non, pas trop bonne. Pourquoi?

— Eh bien, j'ai votre affaire : une occasion unique. Voyez-moi ça ! un vrai chronomètre, et pour rien !

Le cocher, désœuvré pour le moment, palpe l'objet, l'ouvre, le retourne et le rend en disant : Pas d'argent !

— On ne vous en demande pas; vous n'avez qu'à vous *abonner*. Cinquante francs; c'est pour rien ! (Ici le boniment obligé : une fabrique qui liquide, etc). Tenez, signez-moi ce papier, donnez-moi cent sous, et l'affaire est faite.

Une grande pancarte, chamarrée de médailles d'exposition et portant une formule d'engagement très-captieuse, qu'on ne lit jamais, est exhibée. Chaque mois, on fera toucher 10 fr.; à 25, la montre sera, dit-on, livrée. — Si le malheureux succombe à la tentation, ce n'est qu'après versement de 30 ou 35 fr. qu'il entre en jouissance d'un *oignon* rachitique, incapable de marcher un mois, et dont le Mont-de-Piété donne 6 fr. S'il suspend les paiements, on ne lui livrera jamais rien; il y a dans l'engagement une clause faite tout exprès pour ce cas prévu; c'est un traquenard fort coquin, mais très-ingénieux.

Le premier versement constitue les honoraires du chineur; or, ce métier-là produit de dix à cent francs par jour, selon le degré d'audace ou la chance de celui qui l'exerce.

Antiquailles toutes neuves.

Rémonenc, le gendre au vieux Larfouillat, prétexte un voyage au pays. Le fait est qu'il s'en va courir les ventes, explorer le Lyonnais ou les Flandres, rôder un peu partout, fouiller châteaux et chaumières. Naturellement, il fait quelques trouvailles, mais il a aussi dans ses malles des porcelaines grotesques, des cadres impossibles, des antiquailles vermoulues. Or, il prend soin de nouer des relations, dans l'endroit où il se trouve, avec des paysans, des aubergistes, des concierges de bonne maison, à qui il laisse ces objets en dépôt, de crainte, dit-il, de les endommager par le transport; ajoutant que si, d'aventure, on trouvait amateur, il y aurait commission pour les dépositaires.

Deux mois se passent. Un jour, il revient accompagné d'un gros monsieur à lunettes d'or, et feint de n'être que son guide. Des pourparlers s'établissent, la comédie se joue; les provinciaux ne veulent à aucune prix céder ces *reliques de famille,* etc., etc. Bref, notre amateur les corrompt, et il a le bonheur d'obtenir pour 500 fr. des curiosités fabriquées à 25 dans un atelier clandestin de la banlieue de Paris.

Le bon café.

Amateurs de café, classe nombreuse, et d'autant plus intéressante qu'elle se compose de dames et de gens au palais délicat, sachez donc, une bonne fois pour toutes, de combien de façons et avec quelle effronterie les épiciers vous trompent.

Sous le nom et avec les apparences de la précieuse graine originaire de l'Arabie, l'industrie malsaine de nos commerçants en denrées coloniales vous vend des choses étranges, à savoir:

11

De la chicorée torréfiée, du caramel, des glands (horreur!), des pois chiches, du maïs, de l'orge, des débris de cacao, de la betterave séchée, des châtaignes, des résidus de tout genre, et jusqu'à des marcs entièrement épuisés.

Il faut avouer aussi que les appellations et les étiquettes sous lesquelles on déguise ces ordures sont faites pour séduire; car voici les noms qu'on leur donne:

« Café oriental, vrai moka des dames, moka-semoule, café-chicorée, fleur de moka, café hygiénique, café pectoral, café nutritif, poudre-moka, moka pur, café des dames, etc., etc. »

Conclusion : Que faire?

N'acheter que du café en grain, dont on a bien constaté l'arome; mélanger moitié Bourbon, moitié Martinique, et si l'on a quelque aisance, y introduire en tiers le vrai moka, en dépit de l'axiome d'Alexandre Dumas, qui traite la cuisine comme l'histoire.

Cinquante pour cent.

Ce n'est pas, entre toutes les branches de l'industrie parisienne, la librairie qui est la moins féconde en expédients, ni la plus scrupuleuse. Catalogues fallacieux, rengaîne du prix *net*, affiches pharamineuses, réclames boursouflées, ce sont là des jeux innocents; ce qui l'est moins, c'est un procédé un peu leste que nous venons de voir mettre en pratique.

Supposons une œuvre littéraire, roman, poëme ou comédie, qui obtient un succès d'actualité : l'éditeur en possession de la chose la fait imprimer à grand tirage, la met en vente au prix de *quatre* francs, et approvisionne avec empressement les autres libraires, alléchés par la vogue. — Mais à peine a-t-il rempli leurs rayons, qu'à sa propre vitrine apparaît une seconde édition, vendue par lui *deux* francs!

Tous ceux qui aiment à payer double courront chez ses confrères, mais combien y en aura-t-il ?

Les caméristes.

— Comment me va ce chapeau, Juliette?

— Mais... très-bien, Madame.

— Parlez franchement, qu'y manque-t-il?

— Si Madame l'exige... il me semble...

— Quoi? Le bavolet descend trop, n'est-ce pas?

— Et puis... la passe pourrait être plus haute; c'est la mode, Madame le sait... à moins que Madame ne les aime ainsi.

— Reportez cela, Juliette, je n'en veux pas.

(Nota. — Le chapeau est tout bonnement parfait et du meilleur goût; il sort de chez Caroline.)

Huit jours après :

— Oh! Madame, quel adorable chapeau! est-il distingué! Et comme il fait bien valoir le teint de madame!

— Vous trouvez, Juliette? Effectivement, il me plaît.

— Jamais je n'ai vu madame aussi bien coiffée.

— Oui, cette modiste est intelligente. Juliette, vous irez payer demain.

(NOTA. — Le chapeau est une horreur, ridicule d'exagération. Il coûte 85 francs, dont 25 sont restés dans la poche de Mme Juliette.)

L'étiquette du sac.

On sait que les bonnes maisons de la Champagne, du Bordelais et de la Bourgogne — adorable trinité géographique, — ont pour usage d'imprimer leur nom sur les bouchons, ce qui devient un certificat d'origine. — Mais on y peut être trompé, car, quoi qu'en disent avec dédain les gens de lettres, il est des commerçants ingénieux, car voici ce que font quelques-uns. A peine ces estimables bouchons sont-ils tombés, que le soin charitable des garçons du restaurant les recueille et les met en réserve.

11.

Bientôt, une mécanique faite exprès les comprime et les force, sans égards pour leur noble origine, à prêter le prestige de leur estampille à des crûs indignes d'eux, à des vins de la Moselle ou de la Suisse; et voilà comment d'honnêtes bouchons sont les complices involontaires d'une fraude dont profitent seuls ceux qui l'ont inventée.

Mystères de l'exportation.

En ce temps-là, dans une grande ville qu'il est inutile de nommer, existait une maison de parfumerie dont la réputation était européenne; c'est pourquoi il lui vint de l'Amérique une commande de 4,000 fioles d'eau de Cologne, que la susdite maison passait pour fabriquer mieux que les dix-huit Farina de la vieille cité rhénane.

Marché conclu. L'expédition se fera en quatre caisses; moitié du prix sera compté au Hâvre, sous voiles; le reste au débarcadère. *All right.* — Après deux mois de mer, les colis sont livrés en bon conditionnement; on lève quelques échantillons, on solde les factures et on dirige le tout sur Rio, lieu de destination.

Quinze jours se passent ; l'article commençait à s'écouler, quand un beau soir, une élégante mais très-irritable senorita mande son parfumeur, s'écrie qu'elle va le faire bâtonner, et lui jette au nez sa marchandise, qui n'était... que du protoxide d'hydrogène, *aliàs* de l'eau claire.

Confusion, désespoir du pauvre Brésilien, vérification des caisses : les trois rangées supérieures de fioles contenaient d'excellente eau de Cologne; tout le reste avait été simplement puisé dans la Seine.

Illusions.

Bien des jeunes filles élevées loin de Paris se sont émerveillées, en lisant les journaux, de voir qu'une femme de théâtre, ici, gagne cent et quelquefois plus d'argent qu'elles-mêmes n'en obtiennent en province, quels que soient leurs travaux ou leurs talents. C'est qu'elles ignorent le revers de la médaille.

Il faut leur dire ceci, en manière de consolation : dans les régions élevées de l'art, il n'est pas une femme sur cinquante qui arrive aux positions enviées; dans les zônes inférieures, les nécessités de la toilette et la dissipation parisienne dévorent ce que les amendes n'ont pas pris; enfin, tout au bas de l'échelle, on paie pour jouer au lieu d'être payée.

Cela vaut-il bien la paix et la sécurité de l'existence en province ?

L'apparence.

On aura beau dire et beau faire, et raconter mille aventures, à Paris, un homme de bonne mine, vêtu avec goût, s'exprimant bien, qui laissera pour adresse une élégante carte gravée, portant : « *M. de la*

Chesnaye, rue Saint-Dominique, » ou bien : « *Mac Ferson, Esq., place Vendôme,* » inspirera toujours la confiance, de prime abord, aux fournisseurs.

Il pourra se faire que, par la suite, cette première impression s'efface, mais pour cela il n'aura fallu rien moins qu'une sérieuse enquête, établissant que le susdit gentilhomme est un chevalier d'industrie, perdu de dettes, demeurant en effet à l'adresse indiquée, mais dans une mansarde meublée par le concierge, et qu'il est par conséquent introuvable, à toute heure et en toute saison.

Manière d'acquérir un fonds.

Dans une ville aussi populeuse que Paris, un fonds, c'est-à-dire une clientèle attitrée, représente une valeur parfois considérable, qui se vend comme une ferme, mais qui se *prend* aussi à l'aide d'un procédé ingénieux que nous allons expliquer. — Etant donné un commerçant bien achalandé et depuis longtemps établi, on s'enquiert du prix de son loyer et de l'époque où expire le bail. Six mois avant, on va trouver le propriétaire, on lui offre un chiffre plus élevé, en y ajoutant comme pot de vin une somme assez ronde.

Le lendemain, par l'or alléché, l'homme aux moellons court chez son vassal et lui tient à peu près ce langage : — Vous le savez, c'est au mois de.... que votre bail expire; je ne refuserais pas de le renouveler, mais comme vous faites fortune dans mon immeuble, il est juste que cela me profite. Nous doublerons donc la redevance. »

A ces mots, ébahissement du boutiquier, exaspération de sa femme, explosion d'épithètes qui endurcissent le propriétaire dans sa résolution. La colère d'une part, la cupidité de l'autre ont bientôt rendu tout accommodement impossible; si bien qu'un beau matin, les voisins s'étonnent du changement de locataire; puis, grâce à la force de l'habitude, ils continuent de venir acheter chez l'honnête successeur qui, pour un pot de vin, s'est procuré ainsi une clientèle toute faite.

Ce que parler veut dire.

Edouard, dont le père appartient au demi-monde
boursicotier, est depuis sept mois à Francfort sur le
Mein, où il étudie à bonne école le change, l'agio, et
tout ce qui concerne son état. Pris d'un mortel ennui
dans une ville où il y a tant de juifs allemands et si peu
de conversation, Edouard a cherché des distractions,
aidé dans cette tâche par une blonde Gretchen de dix-
sept ans, ce qui a contribué à forcer un peu son budget.

Cette situation l'a porté à aller faire une visite à M.
Goldmann, vieux banquier pour lequel il a une lettre
signée d'une sommité financière. Elle se termine par ces
mots : « J'appelle sur ce jeune homme votre bienveil-
lance toute particulière. »

Le pauvre garçon s'étonne de ne rien obtenir. Il ne
sait pas que, dans la langue des vautours, les mots :
toute particulière veulent dire : Tenez pour non avenue

cette lettre, que j'écris pour échapper à des importunités.

Malade gratis.

Il est agréable, assurément, de pouvoir être malade dans les prix doux, de jouir d'une fièvre tierce à peu de frais ou d'un asthme à prix réduit. Il n'y a que Paris pour vous procurer ces bonheurs-là.

Cela tient aux consultations gratuites qu'on trouve à chaque coin de rue, et qui, vraiment, sont faites pour vous tenter. *Gratuit* est vrai (par exception); jamais le docteur ne vous demande d'honoraires; il est doux, insinuant, et se borne à vous prescrire un petit traitement, ordinairement facile, mais un peu long, et remarquez qu'il indique avec précision le pharmacien chez qui vous prendrez vos médicaments, condition obligatoire.

Comprenez-vous qu'Hippocrate n'est ici que le compère de Diafoirus ?

La langue d'à-présent.

Grâce à ce laisser-aller qui est un des traits caractéristiques de l'époque, et qui des mœurs a passé dans la conversation, nous jouissons à Paris d'un certain vocabulaire qui est à la langue académique ce que le *demi-monde* (un néologisme) est à la grande noblesse.

On appelle *biches* ou *cocottes* les filles à vendre ; *protecteurs* ceux qui les louent au mois. Le voleur de haute envergure qui ruine cent personnes à la Bourse à l'aide d'un secret surpris ou acheté est un *spéculateur* intelligent ; les libertins sont des *viveurs*, les goinfres des *gourmets* ; la ballérine en vogue s'appelle une *étoile* ; un soldat mal élevé fait preuve de *franchise* militaire ; la rousse est une charmante *blonde*, le poussah aux formes d'éléphant est un homme *puissant*, le sque-

12

lette a des formes *svelles,* en un mot il n'est ni vice ni laideur ni ridicule qui ne se déguise sous une expression flatteuse.

Une cité qui pousse jusqu'à un tel abus les artifices du langage ressemble singulièrement à ces coquettes ridées et fanées qui pour rien au monde ne consentiraient à se montrer telles qu'elles sont au réveil.

L'annonce muette.

On conçoit aisément qu'au sein d'une population bigarrée de toutes les nuances morales imaginables, depuis le rouge-sang jusqu'aux teintes rosées les plus douces, il y ait une grande diversité de besoins, de passions, et conséquemment d'industries plus ou moins avouables, auxquelles il faut, malgré tout, une certaine publicité.

Comment s'y prendre quand il s'agit d'un commerce illégal ou occulte? Le moyen est des plus simples. —

A la quatrième page d'un journal répandu, en forme
d'annonce anglaise, rien qu'un nom et une adresse.
Les gens honnêtes n'y prendront pas garde; ceux qui,
par tempérament, sont à l'affût des choses véreuses,
comme certain quadrupède cherche la truffe, sauront
bien deviner de quoi il s'agit, et ils iront droit au but.
N'est-ce pas réellement ingénieux?

CONCLUSION

Arrêtons-nous. Ce n'est pas que le sujet fasse défaut, Dieu merci ; le Théâtre, le Salon, l'Atelier, le Bureau, le Comptoir, fourniraient aisément de quoi prolonger ces Ficelles. Mais il est toujours prudent de se rappeler le précepte de Boileau ; c'est pourquoi nous n'avons pris que le dessus du panier.

FIN.

12.

TABLE

—×—

TABLE.   III

TABLE. V